李锐 著

太平風物

农具系列小说展览

译林出版社

图书在版编目（CIP）数据

太平风物：农具系列小说展览 / 李锐著 . -- 南京 : 译林出版社 , 2024. 11. --（李锐作品）. -- ISBN 978-7-5753-0288-3

Ⅰ. I247.7

中国国家版本馆 CIP 数据核字第 2024YY0583 号

太平风物：农具系列小说展览　李锐 / 著

责任编辑　魏　玮
装帧设计　韦　枫
校　　对　梅　娟　蒋　燕
责任印制　闻媛媛

出版发行　译林出版社
地　　址　南京市湖南路 1 号 A 楼
邮　　箱　yilin@yilin.com
网　　址　www.yilin.com
市场热线　025-86633278
排　　版　南京展望文化发展有限公司
印　　刷　江苏凤凰新华印务集团有限公司
开　　本　850 毫米 × 1168 毫米　1/32
印　　张　5.125
插　　页　4
版　　次　2024 年 11 月第 1 版
印　　次　2024 年 11 月第 1 次印刷
书　　号　ISBN 978-7-5753-0288-3
定　　价　54.00 元

目录

前言

农具的教育

“太平风物”这书名是我从《王祯农书》里得来的。七百年前，那个叫王祯的人看见一种农具被人使用，看见一派宜人的田园风光，和平，丰足，恬静，而又久远。这景物深深地打动了他，于是，他发出由衷的赞美:“每见摹为图画，咏为歌诗，实古今太平之风物也。”七百年后，我的农具系列小说，也是出于一种深深的打动，出于一种对知识和历史的震撼，也更是出于对眼前真实情景的震撼。当然，我看到的是完全不同的风景，就好像从绿洲来到荒漠，就好像看到一通被磨光了字迹的残碑，赤裸裸的田园没有半点诗意可言。隔了七百年的岁月，我把“太平风物”和“农具系列小说”装置在一起，陈列在这间纸上的农具展览馆里，正所谓感慨万端一言难尽。我希冀着把自己的震撼和一言难尽的感慨传达给可能的读者们。之所以把小说称为“展览”，是因为这本书不只需要读，更首先需要看。我必须事先声明，廉价的道德感动，和对残酷现实虚假的诗意置换，不是本次展览的目的。

二十世纪的“文化大革命”期间，我在吕梁山的邸家河村插队落户做过六年农民。那时候，公家发给每个知青五百八十块钱安置费，村里就用这笔钱给我们盖了知青宿舍，还给每个人配置了一套干活用的农具，镢、锹、锄、镰、斧、扁担、筐，包括收割时捆庄稼用的麻绳，冬天装粮食用的口袋，样样俱全。于是，六年的时间里就和这些农具朝夕相伴。用的时间一长，体会也就入微起来，镢把的粗细，锄钩弧度的大小，锹把的长短，扁担的厚薄，都和每个人的身体相对应、相磨合。渐渐地，就明白了什么样的农具才会得心应手，对使顺手的农具也就分外地爱惜。

初到一地，除了未曾见过的山川风物之外，首先遇到的就是方言，比如邸家河人把山上的树不叫树，叫“钵儿”，把一种专门用来收割玉米和灌木枝的镰刀叫作“苦镰”，驾上毛驴磨米面不叫推磨，叫“推喂子”，如此等等。我们这些“北京来的学生娃”闹不大清楚这些称呼的来历，也想不出来和“苦镰”“喂子”等相对应的文字到底是哪一个，于是，就随便拉来一个发音相似的字瞎凑合，还想当然地把这一切弄不懂的发音统统归结为是方言，归结为是穷乡僻壤的落后和固执。那时候，并没有想到这一切会变成日后的小说素材，会引发出一场对“知识”和“历史”的震撼。

一九八七年夏天，在《厚土》系列的创作期间，一个偶然的机会，我在旧书摊上买到一本叫作《中国古代农机具》的小册子，一百二十个页码的小开本，定价人民币八角钱。随后，就带了这本书去我插队的邸家河村住了几天。那时候，我虽然在城里已经工作多年，但还是每年都回邸家河。正好是收麦子的季节，就在劳动之余看了这本书。大大出乎我的预料，这本不起眼的小册子对于农具历史的讲述，看得我惊心动魄。所有农民们使用的农具，都有长得叫人难以置信的历史，都有极其丰富的发展经历。尤其是一些被农民用方言称呼的农具，原来被我一直认为是字典里根本就没有的字，被我认为是乡下人固执、封闭的语言偏好的所谓方言，竟然却和两三千年前的历史完全重合，和古音古字一模一样。就是在这本小册子里我看到了“公输班作磑”这样的记录。公输班是春秋时期的鲁国人，复姓公输，名般，因为般、班同音，又因为是鲁国人，所以被后人称为鲁班。鲁班生于周敬王十三年（公元前五〇七年），卒于周贞定王二十五年（公元前四四四年），是中国历史上所有古代工匠的祖师爷。鲁国是公元前十一世纪被周朝天子分封的诸侯国，一直到公元前二五六年被楚国所灭。“磨”这种称谓，只是汉代以后才流行起来的，在此之前的漫长历史中它一直被人称作“碾”，邸家河的方言竟然跨越两千五百年的历史，直续“春秋”。那一刻，我真是如雷轰顶，目瞪口呆。和历史心领神会的遭遇就在那一瞬间发生。悲怆和遐想久久难平。从那时起，我就觉得自己也许应当写一本关于农具的小说，应当有这样一场和祖先的对话。后来，又因此而引出对《王祯农书》的细读。

十八年前那场知识和历史的震撼让我明白，几千年来，被农民们世世代代拿在手上的农具，就是他们的手和脚，就是他们的肩和腿，就是从他们心里日复一日生长出来的智慧，干脆说，那些所有的农具根本就是他们身体的一部分，就是人和自然相互剥夺又相互赠予的果实。我们所说的中华民族五千年文明史，其实是一部农业文明史，是被农民手上的工具一锨一镢刨出来的。可人们对历史和知识的记忆，往往只是对于正统典籍的记忆，没有人在乎也很少有人注意养活了历史和知识的工具。人人都赞叹故宫的金碧辉煌，可有谁会在意建造出了金碧辉煌的都是些怎样的工具?

有想法，有感触，还不能写小说。我当时还在写《厚土》,《厚土》的历史背景大都放在“文革”之中。一晃十八年。十八年来，中国大陆正在发生翻天覆地的变化。农村、农民、乡土、农具等千年不变的事物，正在所谓现代化、全球化的冲击下支离破碎、面目全非。亿万农民离开土地拥向城市的景象，只能用惊天动地、惊世骇俗来形容。即便偏僻如大山深处的邸家河，也在煤矿的开发当中改地换天。所谓历史的诗意，田园的风光，早已经淹没在现实的血污、挣扎和冷酷当中。尽管在吕梁山偏远的乡村里，这些古老的农具还在被人们使用着，但人与农具的历史关系早已荡然无存，衣不蔽体的田园早已没有了往日的从容和安静。所谓历史的诗意，早已沦落成为谎言和自欺。当初，因为当过六年的“劳动人民”，因为亲眼看到了什么叫世世代代的劳动，我深知，无论是以田园的名义，还是以革命的名义，把亿万人世世代代绑在土地上是这个世界最不人道、最为残忍的一件事。一转眼，我却又在通往“进步”天堂的台阶上看见遍地的血泪和挣扎，听见田园们赤裸裸的哭声。真正是一言难尽。真正是情何以堪。

因为已经写过《厚土》，我明白，自己不能再以《厚土》的方式重归“厚土”。多年来在文体和语言上的思考，多年来对于语言自觉的实践，多年来对于建立现代汉语主体性的追求，多年来对于知识等级的拒绝信任，对于道德化和诗意化的深刻怀疑，等等，等等，这一切导致了“农具系列小说”现在的模样——图片和文字，文言和白话，史料和虚构，历史的诗意和现实的困境，都被我拼贴在一起，也算是一种我发明的超文体拼贴吧。现在，我把这些拼贴的结果，放在这本书里，放在这间纸上的展览馆里，权且当作对于“公输班作碾”的一种接续，权且当作对于“太平之风物”的一种当下的回答。

我曾为自己的文学追求定下一个苛刻的指标："用方块字深刻地表达自己。"在这里，对于方块字的"用"的突破，和对"表达"的突破，都是对作者严峻的考验。我能从自己文明历史的最深处找到文学的源头活水吗？我能在毁灭和新生、悲怆和欢欣中，找到文学的绿意吗？我能在全球化的滔天巨浪里用方块字立定脚跟吗？这既是我的追求，也是我的困境。

二〇〇六年一月九日写

二十二日改定于草莽屋

《王祯农书》注：

王祯，字伯善，山东东平县人，生卒年不详。据记载他于元贞元年（一二九五年）至大德四年（一三〇〇年）为旌德（今安徽旌德县）、永丰（今江西永丰县）县尹时，积极提倡农桑，重视农业生产的发展。公余之暇研究、编辑、整理有关农业生产的资料和经验，于皇庆二年（一三一三年）写成《王祯农书》。全书十三万字，包括“农桑通诀”“百谷谱”“农器图谱”三部分。其中以“农器图谱”所占篇幅最多也最有价值，印有二百七十多种农机具和农业生产用品的图谱和说明，是中国古代典籍中最为全面系统论述农机具的经典之作。明末的《农政全书》、清代前期的《授时通考》这两部农书中关于农机具的部分基本上是转抄自《王祯农书》。（本注转引自《中国古代农机具》，有修订。）

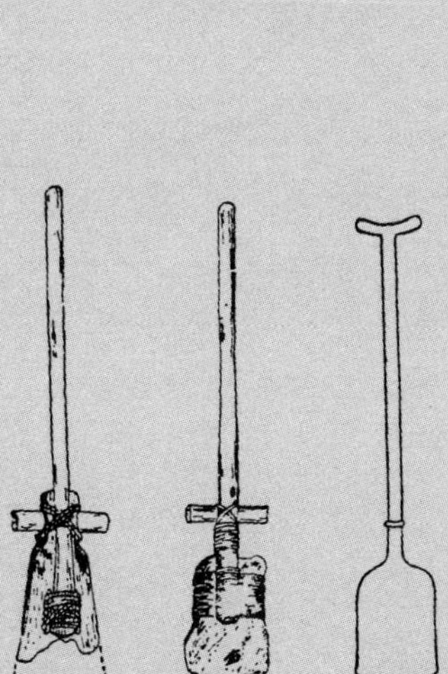

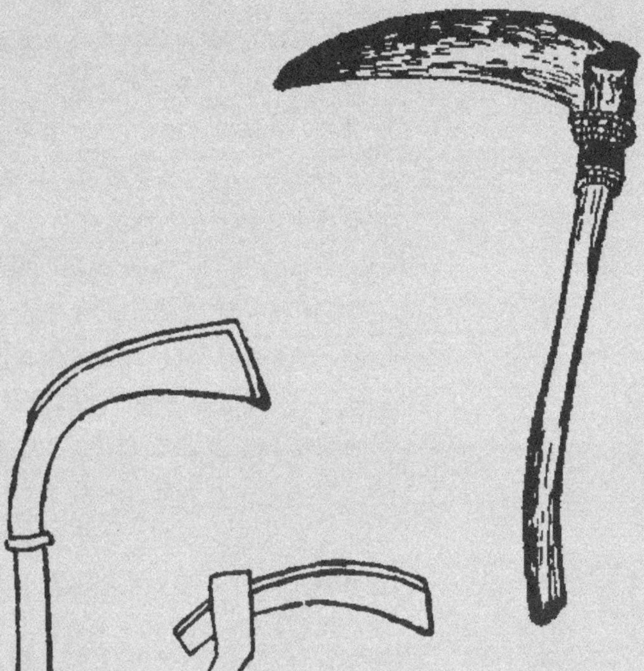

镰

裤镰

镰［力詹切］*，刈（yì，音忆，割）**禾曲刀也。《释名》曰："镰，廉也，薄其所刈，似廉者也。又作'鎌'。"《周礼》："'薙氏'掌杀草，春始生而萌之，夏日至而夷之。"郑康成谓："夷之，钩镰迫地芟（shān，音删，割）之也，若今取茭矣。"《风俗通》曰："镰刀自揆积刍荛之效。然镰之制不一，有佩镰，有两刃镰，有袴镰，有钩镰，有镰㭬（镰柄楔其刃也）之镰，皆古今通用芟器也。"

诗云：利器从来不独工，镰为农具古今同。
芟余禾稼连云远，除去荒芜卷地空。
低控一钩长似月，轻挥尺刃捷如风。

* 全书引文中方括号内反切为原文所有。
** 全书引文中圆括号内注音及说明为作者所加。

因时杀物皆天道，不尔何收岁杪功？

（杪，miǎo，音秒，一、指树梢；二、指年月或四季的末尾。）

——图、文引自《王祯农书·农器图谱集之五》
王毓瑚校订，农业出版社一九八一年十一月第一版

考古工作者曾发掘到四千年左右前的石镰、骨镰和蚌镰。有些蚌镰刃口还刻有锯齿，在江苏仪征发掘到周代铜镰，镰的刃口也刻有锯齿。有锯齿的镰收割庄稼比较轻快锋利。自从用铁制农具后，镰刀都改用铁制，所以从战国以后遗址中出土的镰，都是铁镰。

——图、文引自《中国古代农机具·第十讲》
章楷著，人民出版社一九八五年六月第一版

他把洗干净的袴镰放到葡萄架下面的八仙桌上，把杜文革也放到八仙桌上，放到对面，让自己和他脸对脸地坐着。

他把它们都洗干净了，袴镰和杜文革都在井上洗得干干净净的。他把自己也洗干净了，那件弄脏的上衣扔在井台上了，扔的时候还犹豫了一下，等到弯下腰伸出手的那一刻，忽然明白过来自己真是个傻瓜，忽然明白过来从现在起，不只这件上

衣穿不穿无所谓了，连眼前这个看了二十六年的花花世界都和自己一点关系也没有了。哥哥的冤仇报了，几年来的煎熬总算熬到头了，一切都了结了，一切都和自己无关了。二十六年来已经习惯了遵守所有做人的规矩，父母说的，老师教的，广播电视里天天讲的，街坊邻居们不言而喻都照着做的，二十六年来自己一直被这些无孔不入的规矩管束着。就说穿衣服这件事吧，是谁规定的人非要穿着衣服才能上街的？天气又不冷，为什么就不许不穿衣服痛快痛快？他带着几分幸灾乐祸的快感把拿衣服的手收了回来，心里由衷地涌起一阵豁然开朗的快乐。所有原来必须要遵守的都用不着再遵守了，松绑了，彻彻底底松绑了。他转身走到井台上抓住辘轳把，又奋力摇上一桶水来。然后，把身上的衣服都脱下来，脱得一丝不挂，然后，就那么旁若无人地洗起来。松了绑的身子轻飘飘的，浑身上下没有一丁点儿分量。也许是刚才的拼打消耗了太多的力气，胳膊和腿都是软酥酥的，像是有半斤老酒烧得浑身上下舒舒服服、晕晕乎乎的。他让水桶对着胸膛倾斜下来，沁凉的井水从身子上冲下去，哗啦啦地摔到井台的青石板上，灿烂的水珠在阳光下四处飞溅。他舒舒服服地打了一个冷战，深深吸进一口气。然后，再一次抓住辘轳把，再一次摇上一桶水来，弯下腰把重重的水桶提出井口的时候，在轻轻摇荡的水面上他看见自己年轻模糊的脸，一丝从来没有过的怜惜随着水面荡漾起来……立刻，眉宇间掠过一阵决绝的冷笑，走到这一步年轻不年轻都无所谓了，二十六和二百六是一模一样的。他猛然闭起眼睛，把水桶高高举过了头，让清亮的井水再一次兜头冲下来，灿烂的水珠也再一次哗啦啦地掀起瞬间的瀑布。他想把心里的肮脏气冲干净，他想把二十六年一生一世在人世间染上的肮脏气都冲干净。抹下脸上的清水，再次睁开眼睛，他觉得心里边又宽敞又干净，眼睛前面又豁亮又空旷……他回头四下看看，街巷里没有人，连狗也没有一条。一只不知道是谁跑丢的黑布鞋孤零零地躺在街面上。就在刚才，自己提着杜文革的人头穿过街巷的时候，村里好像落下一颗大炸弹，人们活像看见了凶神恶魔，吓得又哭又叫，胡说八道，插门的插门，逃跑的逃跑，就像一阵妖风横扫而过，顿时把眼前刮得一无所有。平时那些恨杜文革恨得咬牙切齿的人现在跑得干干净净，无影无踪，连半个人影你也看不见……越过空旷的街巷，越过那只孤零零的黑布鞋，秋天的原野从远处涌到视线里来，漫山遍野的树林把沉稳的墨绿和艳丽的红黄交错在一起，一直染到天边。梯田里的谷子和玉茭被地堰镶嵌出一条一条斑斓的浓黄。头顶上，蓝天，白云，清风从不知道的地方晃动了秋禾辽远地刮过山野。太阳明晃晃的。明明晃晃的太阳照着眼前空无一人的原野，照着空无一人的街巷。到处都是空空荡荡的。直到这时候他才注意到，原来今天是个大晴天。

一串一串紫红的葡萄挂满了棚架，被秋凉染过的葡萄叶子已经开始微微地泛黄，阳光一照，就好像一片一片黄绿透明的薄玉。葡萄架下面摆了这张八仙桌，桌子的后边是五奎叔的小卖部，可是现在屋门闭得紧紧的，就像这个吓得半死的村子一样，屋子里没有半点声息。因为小卖部就在村中心的十字街口上，平时村里的人们有事无事都爱来这葡萄架底下坐坐，或者买买东西，或者就着花生米喝二两散打的白酒，或者不买东西也不喝酒，只是来闲坐聊天，大家围着桌子，挤满几条长板凳，把一支又一支的烟卷和无用的时光一起烧成烟灰，然后，浑然不觉地弹到地上。如果不是发生了今天的事情，仿佛悠长的日子就可以那样永远悠长地过下去。

他走到小卖部的侧面，在山墙下边齐腰高的地方抽出一块活动的砖头，然后从豁开的砖洞里摸出一个卷着的纸筒来。走回到葡萄架底下，他把纸筒对着桌子上的杜文革摇摇：

“杜文革，你想不到吧你，这就是你想找的东西，你就是杀了我也找不着，我哥哥早就有过预备，这些账家里藏一份，还在这儿又藏了一份，你就是做梦也梦不着我们把证据藏在这儿！”

接着，他走到门前拍拍门板叫起来：“五奎叔，五奎叔，你开开门吧你，我看见你在屋里啦。你不用怕，你害怕啥呀你，你又没有霸占大家的煤窑，你又没有害了我哥哥，我又不杀你。你看看，我把袴镰放在桌子上啦。我是想喝酒呢，我有钱，你快开开门吧你！”

没人开门，可是有人在哭。

他又拍拍门："五奎叔，你再不开，我就砸啦！"

等到门终于打开一条缝的时候，他首先看见了高高举着的酒瓶。门后的暗影中是五奎那张老泪纵横的惨白的脸。

他接过酒瓶满意地摇了摇："五奎叔你别哭啦你，你给我拿两个酒盅吧。"又说，"我还要五香花生米。"而后有点害臊地又补了一句，"五奎叔，再多拿几根双汇火腿肠吧，我最爱吃这个了，平常舍不得吃，今天我要吃够。"

他听见那个暗影里的老人还在哭："有来、有来，你吓死我啦你，你能不能从桌上把杜村长拿开呀……你咋杀人杀到我家门口来了，有来呀有来，你到时候可不能叫我给你做证明，我可不想牵扯到你们这人命案子里头去，我求求你啦……你才二十几你就不想活啦你……你这一条命换他那一条命不值得呀你……"

他坦然地笑笑，并不回答。他明白，像自己这样彻底解脱了的人已经没有办法和平常人说话了，说了他们也不懂。其实自己今天根本就没有想杀人，自己今天把磨快了的袴镰插到后腰上直奔大石头地是去收玉茭的。可是就在大石头地的地头上遇见杜文革了。两家的地挨着。自己根本就没有想到会遇上村长，村长的地有人给种，村长从来都是不下地的。杜文革冷冷地扫了自己一眼。

自己当时还低下头来叫了一声："村长。"

然后，又解释说："村长，我来收玉茭。"

杜文革待答不理地应着，说是儿子闹着要吃嫩玉茭，来看看还能不能寻下一穗半穗。然后杜文革把嘴角上叼着的烟卷从左边换到右边，对自己笑起来：

“我说有来，你还是不死心呀你？你哥哥保来闹了五六年都没能办成的事情，你能？你好歹也算是男人，你也娶了媳妇有了娃娃了，娃娃多大了？三岁？你日后要是打算还在南柳村住，就给自己留条后路吧，不给自己留后路也得给儿子留呀，啊？好好想想吧。”

眼泪就是那一刻流下来的，如果杜文革不提儿子，也许就没有后边的事情了。杜文革一提儿子，自己的眼泪就忍不住了，眼泪一流下来，熬煎了多少年的仇苦就像翻腾的热油锅里落进了火星子，轰的一声把眼前烧得一片通红！他不知道自己是怎么扑上去的，不知道拼打了多长时间，也不知道自己是怎么抓住那块石头的，只砸了一下，杜文革就躺下了。他想也没想就从后腰上拔下袴镰，三下两下就把杜文革的头割了下来，割下来的时候，那截烟屁股还在他嘴里死死地咬着。河底镇张记铁匠铺的小掌柜把袴镰递给自己的时候说，多磨磨吧，好钢，保你好使唤！可他没有想到割玉茭、割荆条的袴镰，割起人头来也是这么快。

酒瓶打开了，酒盅摆好了，一人一个。他举起酒瓶把两个酒盅都斟满，然后，一口喝干一盅，再一口，又喝干一盅。然后，再把两只酒盅都斟满。滚烫的酒在身体里慢慢地烧起来。他又举起酒盅来，对着桌子上的人头说：

“村长，你不用担心，我不跑。我今天就在这儿等着警察来抓我。我今天把你放到这张桌子上，就是想和你平起平坐地说一句话。我要是不杀了你，你就永远是高高在上的村长、书记，我就永辈子也没法和你平起平坐。我哥哥告了你五年没有告倒你，还让你害了，南柳村没有人相信保来在井底下是出了工伤砸死的。我又告了你三年，也还是告不倒你。我要是不割了你的头，就永辈子也别指望和你平起平坐讲事情。你也是个人，我也是个人。你有妻儿老小，我也有妻儿老小。我今天就想一条命换你一条命。我就想让你看着我到底做了事情跑不跑。我杀你的证据是这把裤镰，我哥哥查账查出来你贪污的证据是这一沓子纸，现在证据都在桌上摆着，你好好看看吧。我不跑，我也不拒捕。我就在这儿等着警察来拿证据，拿到法庭上叫大家都看看！”

这么说着，他喝干了自己的酒。然后用手指头蘸着杜文革酒盅里的酒，在桌面上一笔一画写出一行字来：

替天行道，为民除害

一边写一边说：“村长，你好好看看，这几个字我认识，你肯定也认识。”而后，又神闲气定地重复，“你放心，我不跑，也决不拒捕，我就在这儿等着警察来抓我，我就在这儿最后再喝一回五奎叔的酒。”

他没有注意桌面上的那一行字迹是什么时候消失干净的。他也没有注意满满的一瓶酒是什么时候喝光的。当凄厉的警报声在村边响起来的时候，他脸上流露出胸有成竹的笑容。接着，他看见无数顶闪亮的钢盔和枪筒从四面的街巷里朝自己拥过来。一只扩音器的声音在村子上空假里假气地回响：

“陈有来，不许动，把双手举起来。”

他一动不动地微笑着，看着桌子上的证据：被井水洗过的袴镰干干净净的，雪白的刀刃晶亮晶亮的，可惜，今后不能用它收庄稼了。哥哥抄出来的账本卷在一只塑料袋里，为了这些账，哥哥搭进一条命，自己也要搭进一条命。如今，它们终于可以公布出来大白于天下了。

清脆的枪声骤然间响起来。

猛然站起来的他猝然倒在葡萄架下面……整个村子停滞在瞬间的惊呆中，所有的目光都朝着他扭转过去……秋天的阳光静静地透过葡萄叶的缝隙，在尸体上留下虚幻如梦的斑影。

他站起来不是想跑，也不是想去拿桌子上的镰刀。是因为他在蜂拥而来的警察们的前面看见了自己抱着儿子的媳妇。

二〇〇四年七月十八日草毕

二十日改定于太原家中

摩

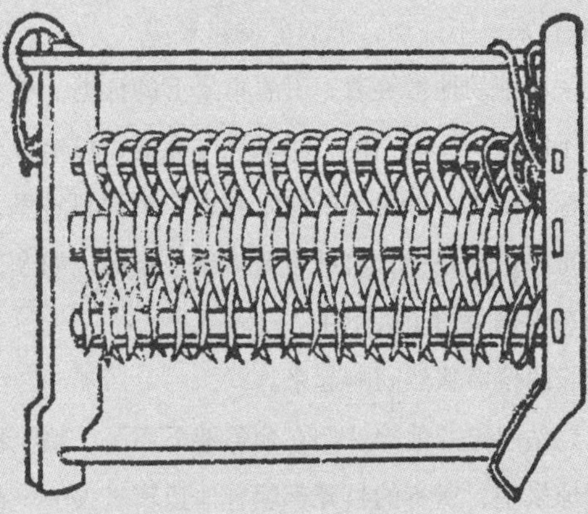

残摩

摩，有些地方称作耢，有些地方称作盖。用手指粗细的树枝条编在长方形木框上的一种农具，用来平整翻耕后的土地，使土粒更酥碎些，有时也用来保墒。使用时把摩平放在翻耕过的田地上，由牲畜拉着前进，操作者站立其上，或者用石块放在上面，以增大对土面的压力。《齐民要术》中记载有“耕而不耢，不如做暴”的谚语。《王祯农书》更指出“凡已耕耙欲受种之地，非耢不可”。西汉的文献中已提到摩，可见至少两千年前黄河流域就已使用这种农具。

——图、文引自《中国古代农机具·第六讲》

斜长的身影越过门前的土路，越过台阶，在院墙根底下打了一个折，把肩膀和脑袋长长地贴到土墙上，正好影住那盘拉散了架子的摩。已经记不得惋惜了多少遍了，可看见它还是痛惜不止，就好像被扯断了的是自己身上的筋骨，咳，和人一样，再结实、再年轻，也有老的时候，也有不中用的时候。

街巷里安静下来。辽远空旷的旱塬上也安静下来。不用看就知道，这时辰，金红的太阳压在西山顶上了。苍老的夕阳已经没有什么力量，只能在斜长的影子里越陷越深。于是，窝在土崖下边的村子也就跟着苍老的夕阳，一起被埋在幽暗的阴影当中。

没有风，也没有响动。

零零落落的炊烟软软地升起来，飘荡，散漫，消失，聚集，终于在村子后面的杨树林上边连成一条白云，薄薄的，窄窄的，像是给渐起的暮色镶嵌了一块依稀的薄玉。晦暗的阴影中，千年的土崖被这块白玉衬着，越发黑得深不可测。他又在心里叹息起来。

唉，看着怪好看的，看着怪揪心的，越是好看的，就越是命短的。等日头一落下去，夜凉一起，它就没了，它就变成树叶上的潮气了。一眨眼就空了，空得就像一场梦。梦醒了，连个影子也没有，连颗露水珠儿也留不下来。

满是青筋的手一直抓着身边的杨树苗，树枝上新吐的树叶只有铜钱大，嫩绿光滑的叶子像是被打了蜡，泛着一股微微的黄色在夕阳的余光里闪闪发亮，远远看过去，好像满树晶莹剔透的玉佩在夕阳中摇摆。

左腿上的伤还在疼，肩背上也疼。今天在地里摩地的时候出了点事情。摩架子右边的榫口一下子裂开拉断了，人站在摩上猛然失去了平衡，一步没有踏稳，左脚踩空到摩前边去了，黑骡子拉着散了架的摩把自己给拽倒了，左腿压在摩架下边，人坐在摩上边，风干了的土疙瘩硬硬地从腿底下碾过去，疼得钻心，紧喊慢喊还是被黑骡子给拽出去两三丈远。他收紧缰绳勒住黑骡子，挣扎着从摩架下边抽出腿来。额头上惊出一层冷汗。他顾不得自己，赶紧心疼地把拉散的摩立起来查看，开了榫的横板彻底裂成了两半，不能用了。荆条拧出来的摩齿早已被黄土打磨得露出了木头的本色，深红的荆条光亮整齐地排列着，不知把多少个春天和秋天在摩齿间梳理过去，平滑、柔和的木色甚至显出几分精致和高雅，让人忍不住想伸手去摸摸。这完全用木头做的东西看着不硬，可到底还是比骨头硬。等到把摩从黑骡子身上卸下来，他才感觉到腿上的疼痛。回头一看，左腿在摩架下边活活犁出一条土沟来。卷起裤腿，赫然露出来满腿的青紫。裤子扯破了，膝盖上被地里残留的玉茭茬子戳出一条血口子，断在肉里的玉茭秆皮总有半寸来长。真没想到，做务了一辈子庄稼活儿，还闹出这样的岔子来。他抹下额头上的冷汗，坐在摩架上点着了一支烟，把第一口烟吸进去，眼泪就冒出来了。不是因为疼，不是因为毁了家具，不是因为出了这么点事情，是因为难受，是因为亲眼看见自己老了，亲眼看见自己快要伺候不了这些黄土了。身边没有人，漫天漫地的黄土里只有不会说话的黑骡子，只有这盘拉坏了的摩，他就那么坐在大太阳底下，一个人哭。抽一口烟，流一阵眼泪。抽一口烟，流一阵眼泪。然后，就骂自己，你狗日的又不是个婆姨家！不就是孙子孙女不在身边么？不就是清明节儿子们没回来么？没有人回来，你和老伴儿不是也把坟上了，也把纸烧了么？没有人回来，你不是也年年把庄稼种了么？你哭啥么你？六十多的人啦，越老越没出息，你狗日的真够个没意思你！……漫天漫地的黄土里站着不会说话的黑骡子，躺着散了架的摩，坐着流眼泪的自己。

遍野黄土，天地无声。

只有几只牛蝇飞来飞去，黑骡子的尾巴在亘古的寂静中忽左忽右地抽打着。连他自己也想不透，种了一辈子庄稼，伺候了一辈子黄土，到底是从哪儿冒出来这么多的泪水……

以前，院门前的路边上站着一排八棵杨树，还是大儿子出生的那年自己亲手种下的。一眨眼，二十多年过去，树早已经长成材了，早已经派上用场了。就和自己当初计划的一样，全都锯了做了大梁。盖三间瓦房用四根梁。大儿子用四根，小儿子也用四根，刚好是八根。旱塬上种树不容易活，二十年里，自己也记不清到底浇过它们多少回了。从沟底的泉上担一担水，来回要走六里路，二十年里，也记不清为这几棵树，自己到底走了多少里路。给大儿子盖了三间瓦房一幢院子，院子里种桃树。给小儿子也盖了三间瓦房一幢院子，院子里种杏树。自己的老院子里种的是苹果树。黄土夯出来的院墙，用青砖砌了挡雨的墙头。为了排场好看，又特意用砖瓦砌了门楼，用上好的槐木做了大门。一连三幢院子，青砖灰瓦一字排开，每年春天，院子里的粉红、雪白热热闹闹连成一片，就像一幅好画，就像一个美梦……自己小的时候住窑洞，爷爷那一辈住窑洞，爷爷的爷爷也是住窑洞，村子里的人祖辈都住窑洞，到了自己手上总算是盖了瓦房，总算是不用再住窑洞。这一连三幢院子齐刷刷地站在沟边上辟出来的空场里，站在全村的最上首。在它们的下面，沿着土沟两侧高低错落着的大都是土窑洞。那时候，自己站在沟对面的塬畔上，远远看着这个繁花似锦的院子，心里像是喝了老酒一样又暖和又舒服。记不清到底看了有多少回。

可这些年，原来热热闹闹的一个村子，如今冷落的就像块荒地。窑洞里没有人住，成了空窑。院子里没有打鸣的鸡，没有看门的狗，成了空院子。一家一家的都走了，去北京的，去太原的，去临汾的，去县城的，实在不行也要去河底镇，去黑龙关。住不进城里宁愿在城边上凑合，也不回来住。一眼一眼的空窑，一座一座的空院子，白天不冒烟，黑夜不点灯，全都死气沉沉的，全都无声无息的，僻静得叫人发怵。

过大年的时候，两个儿子回来领孩子。儿子们有点怕提这件事，就借着喝酒的空子绕弯儿说话。

大儿子说，爸，罚女、罚小过了年都八岁了。要不把罚女再给你们留一年？

小儿子说，爸，咱这儿的学校实在是不算话！实在是比不上城关小学！

孙子已经八岁，孙女已经八岁半了，已经叫自己给耽误了一年，自己心里也知道这一回是再不能耽误了。别人不说，自己也得说。不能走的只有这三幢院子，只有自己和老伴儿。有这十几亩地拴着，人就成了树，就成了生根的庄稼，永辈子也挪不动了。

当初，给儿子们盖房的时候，有人劝过自己，都说在后边土沟里掏上几眼窑洞，又便宜又好使，儿孙自有儿孙福，他们有本事让他们自己闹腾去。你有多少钱？你有多少油水？你给两个儿子都盖下这砖瓦大院，就不怕把你自己的老命拘死么？那时候，自己拿定了老主意，根本就不想听。那时候，自己一心想的就是什么时候能早一天看见这三幢院子连起来。那时候，自己一心想的就是，什么时候能早一天叫全村的人都看见自己家的这幅好画。那时候自己什么都想到了，就是没想到会有这一天，没想到儿子要走，孙子也要走。就是没想到这漂漂亮亮的青砖灰瓦的院子没人住。那时候，就是没想到，再好的梦，也有醒的时候。

后来，这锯倒的八棵杨树每年都从老根里憋出来数不清的枝条，可自己已经没有心思再侍弄它们了。一到冬天，这些蔓生乱长的枝条就都被砍了当柴烧。年年长，年年砍。路边上的八个木墩子渐渐变了颜色，变成八块黑乎乎的伤疤。后来，伤疤里再也憋不出新条子。再后来，木墩子上生出些难看的狗尿苔。本以为它们都死绝了，没指望了。可去年春天忽然又憋出这棵嫩枝子来，孤孤单单地，一个人站在路边上，一个人站在那些伤疤旁边。等到冬天，就没舍得砍它。明知道这些蔓生的条子长不成材，可还是把它留下了。只要一打开院门，就能看见它。只要看见它，心里就一阵一阵地凄惶，一阵一阵地可怜它。

最后一抹余晖越过黄色的土墙，照亮了屋脊，他忽然看见几蓬枯草站在儿子们的屋顶上，金红闪亮，像火苗一样在屋脊的瓦背上烧得通红。心里猛一阵钻心的绞疼，从心口窝一直连到肩膀上，疼得牵心拽肺的，疼得连气都快要断了。他赶紧低下头来，闭上眼睛，把烧疼的心躲在短暂的黑暗当中。然后，他在黑暗中用别人说过的话安慰自己，你真是老糊涂啦你，儿孙自有儿孙福。娃娃们愿意留在城里过好日子，儿子孙子都想当城里人，满村里的年轻人都走得光光的啦，满村子就剩下些老的小的，就剩下些没用的人守着些空房空院。连着四五年里，黑蛋爹死了，根宝爸死了，寄财爷爷死了，桃花妈和五鸟奶奶是同一年死的，庙小儿他爸是清明前刚刚死了的，一个连一个的快要死光啦，死得叫人寒心哪……咳，住瓦房、住窑洞到头来都是个死……你纯粹是瞎操心，你这几间瓦房拴不住人，也拴不住心，就留着自己当画儿看吧，只要不死，就还能看个十年八年的……等到哪天自己这把老骨头也埋到土里，这房顶上、院子里还不知道要长出多少蒿草来。从古到今，天知道有多少房子、多少条命都埋在蒿草底下了，连天皇老子的紫禁城都没地方找去，别说你这几间破瓦房了……都说人生如梦、人生如梦，活了一辈子，活到头发白了才弄明白，人要是能活在梦里那是福气，怕的是醒过来，怕的是醒过来还让你站在一边亲眼看着自己的美梦落了空……可你说这棵小树苗它怎么就从死了的梦里又长出来了呢……你说它怎么就砍不断、死不了呢？这世上也不知道有没有人死在梦里。要是人能死在梦里那得是多大的福气？那还不知道要在前生前世修下多么大的善果才能死在梦里。我就想死在梦里……我真想死在梦里……现在就死，就这么攥着这棵小树苗死。等我死了，也不松手，也不让他们把这棵树苗从我手里拿开。就让他们把这棵树和我一块儿放到棺材里，就让他们把我使过的家具，把我使过的锨、镢、锄、镰，还有这盘散了架的摩都和我一块儿埋到土里，赶明儿老伴死了让她和我埋在一块儿……我不用他们给我上坟。我不用在城里过好日子的儿孙们离开他们的好日子，到乡下来照看这几幢空院子。就让这棵小树苗陪着我，就知足了。就让我使唤过的家具们陪着我，就知足了。就让这棵小树苗从我坟里长出来，长成一棵大树，长得满树满枝的绿叶子。风一刮，树叶子在我头上哗哗地响，让树叶子哗啦哗啦地天天跟我说话。它知道我想的是什么，它知道我心疼它，它知道是我把它栽到我的梦里来的。它从那些朽木头墩子里长出来，就是因为它知道我心疼它……死吧，死吧，死吧……和我的摩一块儿死，现在就死，就死在这黑天黑地里，就死在这三幢院子跟前，就拉着这棵小树苗死，能死在梦里也是福呀……

没有风，也没有响动。

太阳下山了。夜幕一下子扑上来。

二〇〇四年一月十九日中午写

七月二十日改定于太原

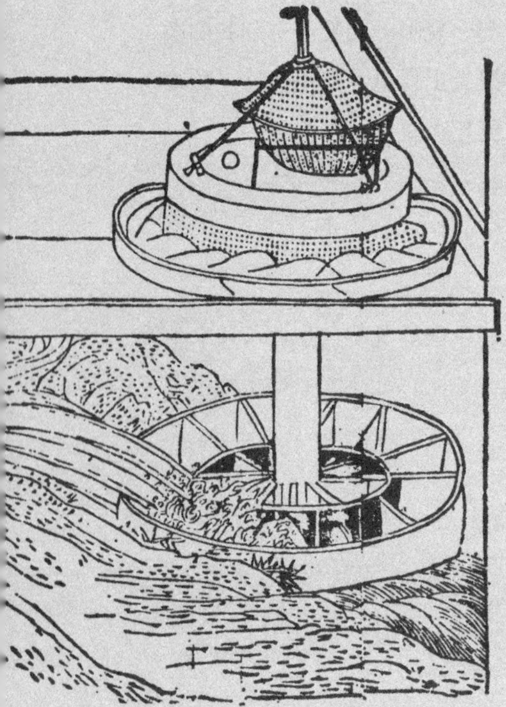

水磨

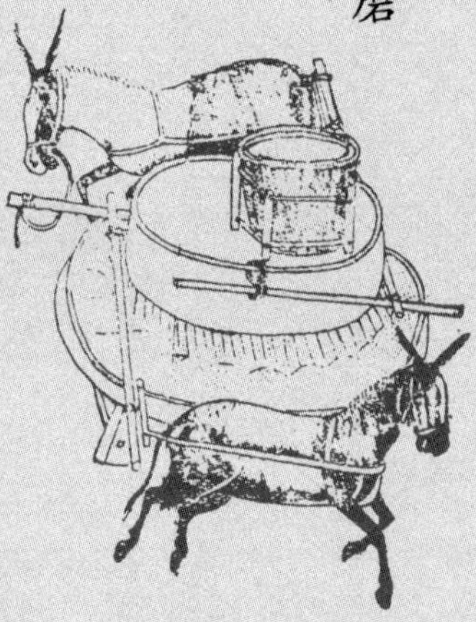

磨

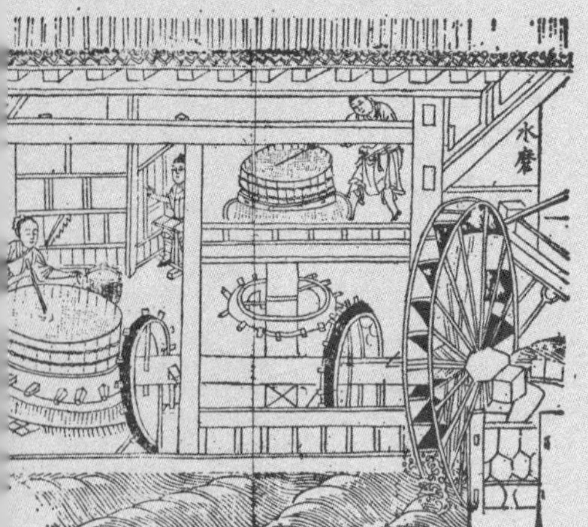

青石碨

礳［莫卧切］,《唐韵》作："磨"，碨［五对切］也，"礳"同。《说文》云：礳，石碨也。《世本》曰：公输班作碨,《方言》或谓之"䃁"［错碓切］。《字说》云：礳，从"石"从"靡"，礳之而靡焉。今皆作"磨"，字既从"石"，又从"磨"（平声）之义，特易晓也。……多用畜力挽行，或借水轮，或掘地架木，下置镈轴，亦转以畜力，谓之"旱水磨"，比之常磨特为省力。凡磨上皆用漏斗盛麦，下之"眼"中，则利齿旋转（上声），破麦作麸，然后收之筛箩，乃得成面。世间饼饵，自此始矣。

诗云：斫圆山骨旧胚胎，动静乾坤有自来。
利齿细喷常日雪，旋机深般不云雷。

临流须借水轮转，役畜岂劳人力推？
一自世间多饼食，便知元是济民材。

（斫，zhuó，音琢，砍、削。）

——图、文引自《王祯农书·农器图谱集之九》

汉代才有“磨”这个名称。在此之前则称作“硙”。古书上记载“公输班作硙”。公输班是春秋时代鲁国人，那么硙、磨的发明到现在已有两千多年了。

——引自《中国古代农机具·第十一讲》

她记不清自己到底是第几次被锁在这盘石磨上了。一开始是被关在窑洞里打，后来发现打伤了不能干活儿还要花钱治，就不打了，改成用铁链子锁。那个壮实的男人连磨杠都懒得用，伸出双臂抱住磨盘发力一挪，呼的一声，上面的那扇一两百斤重的磨盘就挪动了，磨眼就错出来了，他把铁链子哗啦哗啦穿过磨眼，然后在自己的脚踝上用一把大铁锁咔嚓一锁。不说话，也不回头看，转身就走。然后就是几天几夜的惩罚，没有吃的，没有喝的，任凭风吹日晒，雨雪交加，都不会有人来管。村里人都知道，这是他在整治他买来的媳妇，这是他自己的家务事。等到自己连说话的力气也没有了，饿得像根软面条，渴得像一片黄草叶，男人就会回来解开锁链，把自己放在肩膀上扛回他的土窑洞里。自从两年前村里通了电，安上了电磨，就很少有人再用石磨了。如今这盘石磨最大的用处就是用它整治逃跑的南蛮子女人。看见自己像条口袋一样被扛在肩上，别的男人们就会和自己的男人笑着搭腔：

“呀，拴柱，高低改个名儿算球啦！你狗日的谁你也拴不住，连自己的媳妇也拴不住。这盘青石碾成了你家的私产啦！”

扛着口袋的男人不回话，吭哧吭哧管自走路。回到窑洞里先给女人喝两碗米汤。喝了米汤就脱衣裳，脱了衣裳他就像头叫驴一样扑上来，把所有的怒气和力气都施逞出来。在那具壮实的身体下边，在那根怒气冲冲的阳具面前，她像根软面条一样任人践踏。每到这个时候她不说话，也不睁眼，咬定了活下去的决心，无声无息地赤裸着身子，忍受着男人的咒骂和撞击，也忍受着男人的怒气和力气……她知道，眼前这个像牲口一样发疯的男人，总会把他的力气用完的。等到他的力气丧尽了，自己就会慢慢恢复过来，自己就会在恢复中再一次慢慢聚集起下一次逃跑的力气。五年来，逃跑，被捉，再逃跑，再被捉……可她一直没有泄气，一直默默忍受着一次又一次的失败，就像一棵被移栽的水边植物忍受着眼前这片无边无际的干旱的黄土地。她认定这一切都是暂时的，这样的日子绝对不是自己当初想过的日子。她相信自己总有一天要变成城里人的。她恨这个地方，恨这个地方的人，恨这片像监狱一样的黄土地。只是，她无论如何也没有想到自己会离开家乡来到这个鬼地方，她无论如何也难以接受自己怎么会沦落到今天这一步。

这个村子里的老人们都说，先有青石碾，后有茹家坪。凿碾用的大石头，是从乱流河上游一个叫青石涧的地方采来的。在来到茹家坪这个村子之前，她不知道这个东西还可以叫碾。在自己的家乡它叫磨，而且是水磨。青山绿水的家乡到处是水。随处引一股水自上而下地冲过，就可以在水流里架起一座水磨。湍急的河流被引进石头砌成的窄水道里冲出来，不停地灌满了水轮上的水槽，于是，沉重的水槽就带动了木头做的大水轮，磨房里的石磨就一年四季一刻不停地转起来，声音很沉，很深，传得很远很远。夜静更深时分，村边的老水磨会把一些古老的故事咿咿呀呀慢慢讲到天明。

可是，茹家坪这个地方看不见水。漫天漫地的黄土永远裂着干渴的嘴，永远毫无希望地看着云彩无动于衷地从头顶飘过。茹家坪的人喝水要赶着毛驴走六里山路，到黄土沟底乱流河边的水井上去驮。在没有电磨以前，凡到磨面的时候，如果毛驴去驮水了，本来要用驴拉的碾就改用人推，用女人推。常常是三四个小女子抓着磨杠，一转就是半天。不知有多少小女子就是这样在磨道里转大了。长大了的姑娘就可以骑着毛驴，披红挂彩嫁到山下去。嫁到山下去是茹家坪所有女人的梦想。五年的时间里，她已经先后打听到，乱流河这道河川里，已经有十几个从南方买来的女人。她们当中也有人像自己一样逃跑过，可也像自己一样都失败了。在乱流河一百多里长的河谷里，茹家坪处在中间，离源头四五十里，离县城六七十里。百里河川不通汽车只有一条可以走马车的山路。要想逃跑，要想在几十里长的路上不被当地人看见，几乎是不可能的。尽管知道附近有和自己一样的女人，可她从来不去打听她们。她不想看见被当地人称作南蛮子的那些女人，不想和任何人结伴，她只想自己从乱流河逃出去。为了达到这个目的，她努力学会了当地的土话，学会了当地女人的打扮举止。现在走出村去，如果不是认识的人，她已经能够以假乱真。昨天上午，她是被骑自行车送信的邮递员看见的，随后自己就被骑自行车的男人追回来了。听见背后响起来的叫骂声，她顺从地停下了脚步。一阵拳脚之后，她又顺从地坐在自行车的后座上回到茹家坪。她早已经从最初的恐惧当中挣脱出来。现在反倒是那个男人有些害怕，因为他怎么也想不通，这个被自己花钱买来的女人，到底是从哪儿冒出来的这股宁死不屈的沉着。只有她知道，自己和另外那些女人不一样，自己是一个心硬如铁的女人。她坚信，自己总有一天会转运，会变成一个有钱的城里人。

在夜凉中冻醒过来的时候，躺在干硬的黄土地上她扑面看见漫天的星斗。漫漶的银河在繁星似锦的天幕上流向很远很深的地方，好像一条渴死在大漠里的激流，终于被黑暗吸干了力气，渗漏进无底的深渊之中。磨盘底下有虫子在叫，锁链上晃动着两颗晶亮的萤火虫，一只杜鹃躲在村头的老槐树上哭得泣不成声……看不见月亮，看不清那些像鬼窟一样黑影憧憧的窑洞，只有安详的启明星仿佛寒夜中一只会说话的眼睛，静静地安慰着被黑夜笼罩的生灵。她忽然觉得自己好像是身处在闹市当中，看见了满城通明的灯火。她曾经许多次地到过大城市，有一次，她还在夜里坐电梯登上一座电视塔，从上百丈高的塔顶，她看见灯光中一条流光溢彩的河华丽地穿过灯火辉煌的城市，被千万盏灯光装饰的整座城市，就像一场流光溢彩似真似幻的梦，就好像会有神仙从那个繁星似锦的地方飘然而至。她要做一个城里人的决心就是在那一刻下定的。她不想总是羡慕别人，她相信，总有一天，她要在那个繁星似锦的地方点亮一盏属于自己的灯。

随着漆黑的天幕渐渐转成青蓝色，银河和星星们也无声无息地消失了踪影。黎明前的黑暗中，启明星终于凝结成挂在天边的一滴冷泪。茹家坪在金红的曙色中慢慢醒过来。鸡鸣和狗叫在晨光中唤起了袅袅的炊烟。

她在似睡非睡的恍惚中先是感觉到浑身的酸痛，接着，隐隐听见了好像是汽车的声音。村子里的狗们一阵接一阵地狂吠起来。当她倚着石碾坐起身来的时候，看见一群警察冲进村来。等到茹家坪的人们清醒过来的时候，她已经被前来解救的警察推进了呜呜乱叫的警车，冲出了企图阻挡的人墙。事后她才知道，是别的女人逃跑成功了，是她们说出了自己的下落。可这个结局实在并不是她希望的结局。

在县公安局的招待所里住了两天，警察们终于开始了对她的单独询问：

“马翠花，你到底叫什么名字？”

她低着头不说话。

“我们已经和你四川老家的公安局打电话核查过了，没有这个人。”

她还是低着头不说话。

审问的警察突然喊出一个名字来：

“郑三妹，你不要低头，说话！”

听到郑三妹这三个字的时候，她猛然打了一个寒战。在最初的恐惧之后，她甚至感到一阵被解脱的快感。她觉得有汗水从自己的额头上沁出来。她默默地抬起头来，看见了警察手里那张印着照片的通缉令。

“你仔细看看，你看看这是不是你的照片？郑三妹，你说话！”

她无话可说。逃亡八年，自己最后竟然落到这样的结局。八年的时间里，这是她第一次听到别人叫自己的名字。

在最初不可思议的惊讶之后，警察们最终还是确认，他们刚刚解救回来的这个女人，就是被全国通缉的在逃犯郑三妹。郑三妹在自己的家乡是拐骗妇女贩卖人口集团的主犯之一。在八年前的抓捕中侥幸逃亡之后，她一直隐姓埋名，到处流浪，一直到花光了身上最后一分钱，真正沦落到举目无亲，衣食无着，变成了一个真正的叫花子。就在她走投无路的时候，恰好在山西大同的一家砖厂里遇到几个四川老乡。她把自己编造了无数回的故事告诉给老乡们，说自己是一个被人拐卖的女人，逃跑出来，花光了钱又不识字，也不知道该怎么回家。老乡们相信了她的话，最终收留了她，还善意地答应要带她一起回老家。可她万万没有想到，这几个答应帮忙带她回老家看看的老乡，最终在半路上把她转卖给蛇头，随后又被再次转卖到茹家坪，卖给这个叫拴柱的光棍汉做了媳妇。这个被拐卖的下场气得她几乎要发疯。当初让她不能接受的是，自己怎么竟然会掉进自己当年用过了无数次的陷阱。可现在，她却不得不接受在这个陷阱中被前来解救自己的警察意外抓捕的结局。

戴上手铐的郑三妹终于坐上了返回家乡的火车。疾行的列车呼叫着穿过一座又一座灯火辉煌的城市，可郑三妹知道，现在，那都是一些和自己无关的灯光。

二〇〇四年七月二十四日下午草毕

八月三日改定于太原

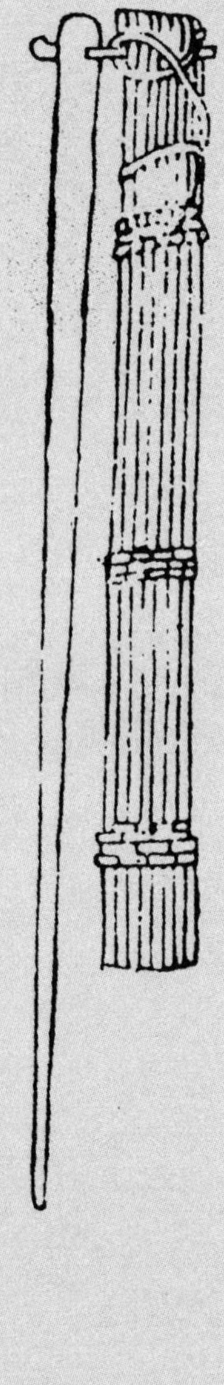

连耞

连 耞

连耞［古牙切］，击禾器。《国语》曰："权节其用，耒耜耞殳（shū，音书，连耞的别名）。"《广雅》曰："柫（fú，音弗）谓之架。"《说文》曰："架，柫也。柫，击禾连架。"《释名》曰："架，加也，加杖于柄头以挝［陟瓜切］穗而出谷也。"

《耕织图诗》云：霜时天气佳，风劲木叶脱。
持穗及此时，连耞声乱发。
黄鸡啄遗粒，乌鸟喜聒聒。
归家抖尘埃，夜屋烧榾柮。

（榾柮，gǔ duò，音骨垛，木头块，树根墩子。）

——图、文引自《王祯农书·农器图谱集之六》

连耞最迟在春秋时代已经有了。《王祯农书》中说：连耞是用四根三尺长的木条或竹条，以皮革编成一块板状。用一个可以旋转的环轴装在长柄的顶端。使用时连耞起落，使竹木条编成的板绕环轴回转，扑打在晒干的作物秆秸上，籽粒便脱落下来。

——引自《中国古代农机具·第十讲》

天气很冷。心里也很冷。屋子中间那个用砖头垒的炉子早已经灭了。尽管羊们还没有回来，教室里也还是能闻到一股浓浓的膻腥气。原来学校是在村庙里的，后来庙塌了，学校就没了教室。村里又没有钱盖新房子，就把羊圈用的四间通房隔出两间来。为了省事省钱，隔墙只砌到大梁下边，梁上边的山墙没有砌。一年四季人羊同处，孩子们的读书声，浓浓的膻腥气和羊们的叫声就隔着泥墙混杂在一起，青石涧的小学校就成了名副其实的羊圈小学。

尽管已经看见了可怜的结局，可王光荣还是拍拍手，努力地对学生们露出笑容来：

“同学们，今天下午的劳动课还是打豆子，都有谁把连耞带来了？”

没有人应声。

王光荣又问：“都有谁把连耞带来了？”

还是没有人应声。

王光荣把眼睛转到刘开放身上。刘开放是学校里年龄、个头最大的男生。刘开放低下头，揉着两只乌黑的手，刘开放说：

“王老师，我爸不叫我来学校劳动，我爸说，功课都考得不及格，要劳动回家劳动，不用给老师劳动。我爸说要再来学校劳动就拧断喽我的胳膊呀……”

王光荣很寒心。王光荣心里想：我真是名誉扫地呀我。可他脸上却放出了爽朗的笑容：

“哈哈，行呀，行呀！那就算了吧。我还说给同学们上最后一课，那最后一课就不用上啦。反正联校张校长来考过试了，反正咱们一到四年级也没有一个及格的，反正咱青石涧的羊圈小学过了今天就正式解散了，我这个民办教师就算是下岗啦，最后一课不上不上吧！我往后再想种黑豆，就回家自己种去啦。同学们，那就放学吧！”

然后他又拍拍手，“回吧，回吧，都回家吧。再等等，羊就回来了，又要弄得满屋子膻腥气。”

正说着，院子里响起一片杂乱的羊铃声。接着咣当一响，是羊倌宝田开圈门的声音。然后，是羊群涌过门槛的声音，门板被挤撞的声音，羊蹄子踩踏门槛的声音，然后，羊铃和小羊咩咩的叫妈声混着荡起来的尘土，立刻塞满了屋子。

宝田隔着墙打招呼：“王老师，还没放学呢？”

王光荣也隔着墙回答：“宝田，今天回来的早些。”

“可不是。狗日的天太冷！早些回来叫羊们暖和暖和吧。”

然后又是门板关闭的咣当声。然后是宝田扑踏扑踏渐渐远去的脚步声。

王光荣又拍拍手：“同学们，羊们回来了，放学啦，回家吧。明天不用来了，都在家等通知吧，咱们青石涧和老林沟的同学都要集中到南柳村啦，到了南柳村，就有别的老师教你们，也就不用在羊圈里上课了。”

这么说着，王光荣心里一阵一阵地辛酸，他就使劲拍手，使劲喊，“行啦行啦，放学吧！放学吧！”

一到四年级一共十五个学生，大家纷纷背上书包站起来。然后，又都纷纷仰起脸来规规矩矩地喊：

“老——师——再——见！”

王光荣说了两声再见，忽然觉得眼泪要掉下来了，就赶紧转过身去擦黑板，其实黑板上一个字也没有。

等到王光荣转回身的时候，空荡荡的教室里只剩下一个人。

王光荣问：“馍妮儿，你为啥还不走？没见同学们都放学了？”

馍妮儿从座位底下抽出一把连耞来，馍妮儿说：“老师，我带连耞了，我想和你打豆子，我想跟你上最后一课。”

王光荣到底还是忍不住了，眼泪一下子哗哗地流出来。

看见老师哭，馍妮儿也哭，馍妮儿说："老师，你别哭，他们都走了他们都没有良心！我不走，我跟你打豆子……"

王光荣很不好意思地抹干了眼泪，王光荣说："馍妮儿，不是同学们没良心，是老师没良心，老师尽叫你们打豆子了，老师没有教好你们，一到四年级连一个及格的也没有……"这么说着，王光荣的眼泪又流下来了。

师生二人在教室里哭了一阵，鼻子里都是呛人的膻腥味儿。馍妮儿还是固执地拿起自己的连枷来，馍妮儿说：

"老师，咱们还是打豆子吧老师。"

于是，师生二人来到羊圈前面的空场上。馍妮儿用扫帚把空场上新鲜的羊粪蛋扫干净，王光荣从教室后面把晒干的黑豆秧抱出来摊在平地上。然后，两个人就挥起了连枷。随着噼噼啪啪的敲打，紧闭的豆荚爆裂开来，圆润晶莹的豆子像黑珠子一样蹦来蹦去。

王光荣边打边问："馍妮儿，你知道老师为啥要种黑豆吗？"

馍妮儿挥着连枷不抬头："知道。因为城里人现在要吃绿色食品，黑豆营养高，营养高的庄稼能卖高价钱，卖了高价钱老师就能多挣钱。"

王光荣木然地笑笑，是苦笑。其实他不用问。这个关于种黑豆的问题他已经给学生们讲过无数次了。乱流河乡联合学校每个月只给自己八十块钱的工资，另外六十块钱由村里补。可是青石涧村太穷，常年拖欠那应补的六十块钱。于是乡政府又给了一条政策：工资不够，老师可以开荒种地自给自足。经过一番咨询、考虑之后，王光荣决定开荒种黑豆。事实证明，王光荣的这个决定是英明的，是完全符合市场需求的，是准确地预判了价格前景的。第一年，他的黑豆就卖了很好的价钱。这个从卖方市场获得的胜利果实给了王光荣极大的鼓舞。第二年他决定扩大投资，扩大种植，扩大经营。扩大之后产生了两个结果，一个是给学生和自己增加了劳动课时，另一个是学生们的学习成绩普遍下降。这两个结果又产生了第三个结果，就是在联校通考中彻底失败，没有一个学生考试及格。这个结果最终导致了学校被解散、自己被解雇。事实最后又证明王光荣的决定是错误的，就是因为这个种黑豆的决定，不但导致了自己被解雇，更导致了自己的名誉扫地。王光荣终于明白，就像鱼与熊掌不可兼得一样，黑豆和名誉，市场和教育，也同样不可兼得。

翻来覆去地敲打一阵之后，他们把打过的豆秧抖一抖抱到一边，再把落在地上的豆子和豆荚扫到一堆，用簸箕把豆荚和豆梗簸干净。很快就装满了半袋子，高兴地看着自己收获的果实，王光荣来了兴致，王光荣替学生抹抹额头上的汗珠，王光荣说：

“馍妮儿，我教你背一首古诗吧，是课本上没有的。”

“啥古诗？”

“写连枷的古诗。”

“老师，干活儿的家具也能写诗？”

“能写。馍妮儿，你听：

“新筑场泥镜面平，家家打稻趁霜晴。笑声歌里轻雷动，一夜连枷响到明。”*

“老师，这都说的是啥呀？”

“这首诗写的是秋天用连枷打稻子，稻子南方有，咱这地方没有，可咱这儿有连枷。南方秋天用连枷，咱这儿用连枷的时候差不多就立冬啦。这首诗里是说新做成的场院像镜面一样平，家家都趁着下霜的晴天打稻子，一边劳动一边又笑又唱，远远的天边儿上响起打雷的声音，大家就用连枷赶紧地打，整整打了一宿，一直打到天亮。这首诗的主题主要是歌颂了劳动人民欢歌笑语、热爱劳动的场面。可惜，这首诗的题目叫我给忘了，作者好像是宋朝的，好像是一个姓范的人写的……”说到这儿，王光荣愧疚地笑起来，“咳，馍妮儿，老师到底是个半吊子，到底是个民办教师，啥都记不住。”

馍妮儿笑笑，馍妮儿说：“老师，他胡说。”

“谁胡说？”

“就是你说的这个姓范的。”

“咋胡说啦？”

* 本诗出自南宋诗人范成大的《秋日田园杂兴》。

馍妮儿又笑笑："老师，我跟我爸打过一宿连枷，胳膊都打肿了，能把人累死！我就没唱歌儿！"

王光荣笑着收起连枷，王光荣说："馍妮儿，咱们今天就下课吧，我可不想把你的胳膊累肿喽！"

老师笑，学生也笑，师生二人把刚才的不愉快忘得干干净净的。

吕梁山干冷的暮色又透彻，又凝重，清晰地勾勒出西山高耸的山顶。

二〇〇四年七月三十日傍晚草毕

九月三日改定于太原家中

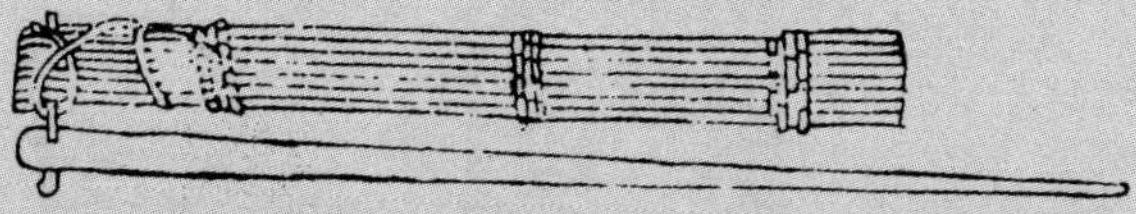

石斧

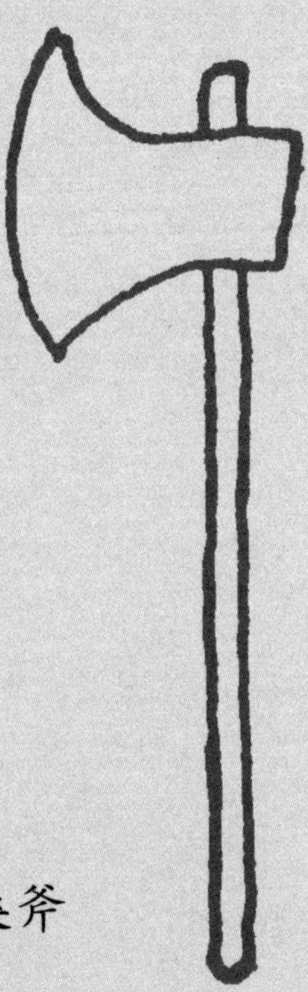

桑斧

樵斧

斧。《释名》曰："斧，甫始也，凡将制器，始以斧伐木，已乃制之也。"《周书》曰："神农作陶冶斧，破木为耒耜锄耨（nòu，一、锄草的工具；二、锄草），以垦草莽，然后五谷兴。其柄为柯。然樵斧、桑斧，制颇不同，樵斧狭而厚，桑斧阔而薄，盖随所宜而制也。今农夫耕作之际，修整佃具，随身尤不可阙者。"

王荆公诗云：百金聚一冶，所赋以所遭。
此岂异镆铘，奈何独当樵？
朝出在人手，暮归在人腰。
用舍各有时，此心两无邀。

（镆铘，mò yé，音莫爷，古代宝剑名。）

——图、文引自《王祯农书·农器图谱集之五》

斧是在火耕时代就使用的工具。先民们为了开辟一块地来栽种庄稼，一方面放火焚烧丛草，同时也用石斧伐除树木。《诗经》中有“蚕月条桑，取彼斧斨（qiāng，音枪），以伐远扬”三句诗，意思是说，养蚕季节里，人们用斧砍伐长桑条以采收桑叶。可见早在周代，斧就用到蚕桑工作上来了。

——图、文引自《中国古代农机具·第十二讲》

两位穿戴整齐的警官跟着慧云法师来到望江亭，把所有东西依照原样一一摆放停当。于是，一切又都复原到事发的当天。这个复原的场景甚至让慧云法师产生了真假难辨的幻觉，他有几分困惑地眯起了眼睛：

望江亭青石雕砌的栏杆台座上，一身灰色的僧衣叠得整整齐齐的，衣服在下，裤子在上，中间夹着内衣内裤和缝补过的布袜，一双穿旧的僧鞋齐头齐尾地摆在台座下边，灰色的僧衣上边沉重地横压着一把砍柴用的斧头。一望而知，这是一把经常使用的樵斧，棕黄色的斧柄被手掌磨得通体光滑，两寸多宽的斧刃连着厚重窄长的斧身，锋利的刃口在柔和的僧衣上寒光闪烁，能当锤头用的斧背渐渐收成一个略带凸面一寸见方的凶猛的倒锥体。这把历经了无数杀伐的利器，有几分悲壮地突兀在优美如画的风景当中。

望江亭的石栏外边是百丈绝壁，绝壁下面是一川碧绿的江水，千里青川江从惆怅的天边曲折而下，被层峦叠翠的群山染绿，在望江亭的绝壁脚下急促地转弯，而后滔滔东去。

气氛有一点紧张。

一位警官拿出照相机来劈劈啪啪地拍照。另一位拿出记录本来询问：

“慧云法师，你看这些东西摆放的是不是和原来一样？”

慧云法师拿着念珠的手习惯地在胸前合十，点头答道：“是。”

“当初，你们是三天以后才来报警的？”

“是。”

“为什么要等三天？”

“了断并不是本寺的僧人，他是一年前云游而来的。普化寺往来的云游僧人长年不断，驻留时间或长或短，事发之后，我们一开始并没有想到别处，只想或许了断是再次云游出走。等了几天，才忽然想到事情有些不对头，他留下了身上所有的东西，他走的时候，身上连一根线也没有带……”

“你说只有了断师傅和你每天要来望江亭？”

“是这样。自从三年前那位姑娘从望江亭投江之后，我们就关了寺庙的后门，禁止游客再来望江亭。了断在寺里只做打扫、劈柴的事情，寺内的僧人只有他每天来望江亭打扫，此外，就只有我每天午后来亭里静坐。”

“你说在此之前你刚刚答应要收他为徒？”

“阿弥陀佛，是，是。可惜，了断还是悲情太重，执迷不悟……”

“什么悲情？”

“他原本是出来打工的农民，五年前在我们青川市被机器切掉了右手的四根半指头，伤残后四处流浪，受了无数的磨难，根本讨不到公道，又无以为生，就自己决意出家。了断常常挂在嘴边的一句话就是：绝不再活在他们那个世道里。他实在是怨恨太深，悲情太重……青川地面每年都要有四五千根手指被机器切下来，我们青川也真是罪孽深重……”

“他说过出家之前是哪里人？叫什么名字吗？”

“没有说过，他对这些从来都是绝口不提。我们只知道他叫了断。他出家并非正式修行出家，他是烧了户口和身份证自己决意出家的，了断的法名是他自己起的，连头上的戒疤也是他自己对着镜子烧出来的，他实在是怨恨太深，悲情太重……

我时常劝他，爱恨情仇都是人间烦恼，都是尘世的羁绊，烦恼斩不断是入不得佛门的……可是，青川地面每年要切四五千根手指下来，也真是罪孽太过深重……”

“我们青川市是全中国的小五金生产中心，开了大大小小七八万家五金厂，每天都有工伤，每天都有手指头被冲床切下来，你说的那四五千根手指头与本案无关。你能再说说他的相貌特征吗？”

“了断没有什么特别的地方，从他说话的口音来看肯定是个北方人，普通身材，普通脸像，面色黑黑的，天下做农的人都有他那副辛苦相，除了那只断手，他身上没有任何其他特殊的地方。请问两位，难道真是了断纠缠到什么案子里去了吗？一个只剩下左手的残疾人他还能做什么？”

“你能确定了断就是从这里投江的吗？”

“这话是什么意思？”

一群惊魂的白鹭不知受了什么惊吓，从绝壁下面倏忽盘旋而上，随即，又消失在绝壁阴森的暗影之中。

双方有些话不对头，气氛更加紧张起来。警官用圆珠笔敲敲记录本：

“我是说你既然没有亲眼看见，你为什么能确定了断就是从这里跳下去的呢？”

“一个人一丝不挂来到这百丈绝壁，如果不是投江，他又能去哪里？也许我早一点收他为徒，他就不会投江了……世间众生一切从虚空来，一切归虚空去，了断以身投江，还是执迷悲情，还是尘缘不断……”

“你为什么这么肯定他就是投江了呢？”

“如果不是投江，他又能去哪里呢……阿弥陀佛。”

“可是我们至今没有找到他的尸体。”

慧云法师指指身后那扇庙门：“往来望江亭的只有这一条通道，你们也能看见，这百丈绝壁再无第二条路可走。从这里投江，恐怕你们未必能找到尸体。人死未必一定会有尸体……阿弥陀佛……”

“尸体是最重要的证据。”

“了断悲情恨世我是深有体察的，救人性命如造浮屠，是我没能点化他让他觉悟……他到底还是执迷不悟，到底还是自我了断……普化寺出了这样的事情，我做方丈的难辞其咎……是我没有能事先预防，我也许应该想到的……阿弥陀佛。”

警官又敲敲笔记本：“慧云法师，我们今天不是要追究你的责任。我们是要调查了断确切的去向。你说每天只有你和了断两个人会来望江亭，请你再仔细想想，是不是还会有别人看见了断？了断会不会离开普化寺逃走？”

“逃走？他为什么要逃走？”

两位警官交换了一下眼神：

“慧云法师，我们之所以再次来普化寺找你，是因为我们发现了非常重要的证据。”

“什么证据?”

“就是这把斧头。你说过这把斧头是了断自己随身带来的。”

“是。因为每月初一、十五进香的日子，我们普化寺都有太多的施主，寺里要做斋饭招待施主们，几百人的斋饭都是用柴火烧大灶来做的，人手常常不够。最初留下他，就是因为他虽然只有左手，但是随身带了斧头，他说自己能劈柴、做事。可是斧头又能证明什么?”

“经过痕迹鉴定，这把斧头斧背的形状，和大部分被害者伤口的痕迹都是吻合的。”

慧云法师惊吓得睁大了眼睛:“阿弥陀佛……什么被害者?”

“自从去年三月以来，我们青川市发生了十五起连环杀人案，十五名被害人都是被斧头击打头部砸死的，凶手十分残忍，所有的被害人都是在没有防备的状态下突然被袭击的，而且基本上都是一斧毙命。被害的人男女老幼都有，但是都没有被抢劫的迹象。只有其中的六位女性都曾被死后奸尸。”

“奸尸?”

“对，奸尸。”

慧云法师长叹一声:“唉——阿弥陀佛，那你们肯定是搞错了。”

“为什么？”

“我当初之所以答应收留了断，是因为我知道他不只烧了户口簿、身份证，不只自己削发烧戒，他还用这把斧头给自己去势净身。了断在家乡曾经放过羊，他说这样的事情不难，他每年都要给羊做。”

这次轮到两位警官睁大了眼睛：

“你是说他把自己变成了太监，用斧头？……一只手？”

“用斧头。一只手。”

看着那两双瞪大的眼睛，慧云法师再次叹息：“唉——一个人给自己去势净身，这样的事情一开始我也不信，当初了断为了留在普化寺，专门要我看过身体为他验证……了断真的是要舍身为佛的……那是个大悲大痛之人，我修行多年还是第一次看到这样自残出家的，不然我怎么会答应收他这样半路出家的人做徒弟呢……对，除了断手之外他还有一个特征，就是唇鬓之间没有了胡须……世间众生一切从虚空来，一切归虚空去，往生转世，皆当欢喜……阿弥陀佛，阿弥陀佛。”

一时间，拿照相机的手和拿笔记本的手，都不知所措地垂在身体的旁边。

消失的白鹭从绝壁下再次盘旋到辽远的青山白云之间，碧绿的青川江在它们身下无比温柔地曲折蜿蜒，慈祥清澈的阳光照在它们自由洁白的身体上，闪闪发亮。

二〇〇四年九月二十一日下午草毕

二十七日上午改定于太原家中

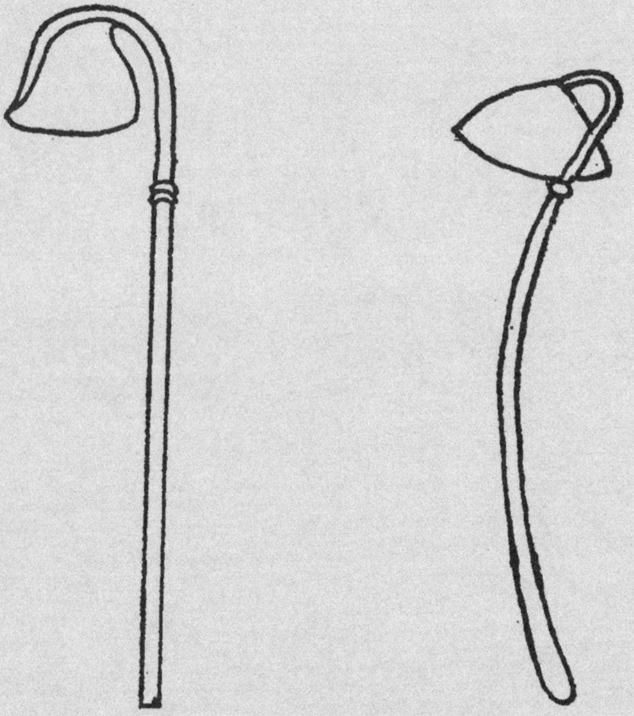

锄

锄

其刃如半月，比禾垄稍狭，上有短銎，以受锄钩。钩如鹅项，下带深袴（皆以铁为之），以受木柄。钩长二尺五寸，柄亦如之。北方陆田，举皆用此。……

王荆公诗云：煅金以为曲，揉木以为直。
直曲相后先，心手始两得。
秦人望屋食，以此当金革。
君勿易耰锄，耰锄胜锋镝。

——图、文引自《王祯农书·农器图谱集之四》

锄，和铲一样，也是中耕锄草的工具。宋代北方流行这样一句农谚，“锄头自有三寸泽，斧头更有一倍桑”。这句农谚的前半句是说：用锄头中耕锄草，可以减少土壤中水分的蒸发，使二三寸厚的土层保持湿润状态……

考古工作者发掘到的锄，西周以前基本上都是石锄，也有极少数的铜锄。战国以后遗址中发掘到的都是铁锄……

古书上又称作“耨（nòu）”“镈（bó）”等农具，这些农具都属于锄的一类，形制上和锄大同小异。

——引自《中国古代农机具·第八讲》

拄着锄把出村的时候又有人问他：

“六安爷，又去百亩园呀？”

倒拿着锄头的六安爷平静地笑笑：“是哩。”

“咳呀，六安爷，后晌天气这来热，眼睛又不方便，快不用去啦，快回家歇歇吧六安爷！”

六安爷还是平静地笑笑：“我不是锄地，我是过瘾。”

“咳呀，锄了地，受了累，又没有收成，你是图啥呀你六安爷？”

六安爷已经记不清楚这样的问答重复过多少次了，可他还是不紧不慢地笑笑，不紧不慢地回答：“我不是锄地，我是过瘾。”

斜射的阳光明晃晃地照在六安爷平静的脸上，他的眼睛有些木然地在阳光下转动，倒拿的锄板在手臂上银光闪闪的。六安爷渐渐失明的眼睛，给他的脸上带来一种说不出的静穆。眼前日渐模糊的世界，似乎让六安爷悠长地参透了人生和世界，终于可以坦然地面对一切。尽管六安爷的眼前只有模糊一片的影子，看不清人们的脸色，可他听得清人们的腔调。但是六安爷不想改变自己的主意，照样拄着锄把当拐棍，从从容容地从满脸迷惑的村民面前走过，锄把杵在干硬的黄土路面上，留下一个一个显眼的白印。

这样的场面不知重复过多少遍了，知道劝也没用，于是劝阻的人就不再劝阻，让开路，目送那张平静的脸和那张也是平静的锄板，从身边亮闪闪地走过。

百亩园就紧靠在村子边上，就在河对面，一抬眼就能看见。一座三孔的石桥跨过乱流河，把百亩园和村子连在一起。这整整一百二十亩平坦肥沃的河滩地，是乱流河一百多里河谷当中最好最肥最大的一块地。西湾村的人不知道在这块地上耕种了几千年、几百代了。几千年、几百代里，西湾村的人不知把几千斤几万斤的汗水洒在百亩园，也不知从百亩园的土地上收获了到底有几百万、几千万斤的粮食，更不知这几百万、几千万斤的粮食养活了世世代代多少人。但是，从今年起百亩园再也不会收获庄稼了。新开张的煤炭公司看中了百亩园，要在这块地上建一个焦炭厂。经过和村民反复的谈判，煤炭公司一直把收购每亩土地的价钱压在五千块。这场谈判已经拖延了两年，为了表示绝不接受的决心，今年下种的季节，西湾村的人坚决地把庄稼照样种了下去。煤炭公司终于妥协了，接受了十年分期付款，每亩地一万五千块的价钱。这场惊心动魄的谈判像传奇一样在乱流河两岸到处被人传颂。一万五千块钱对于穷乡僻壤的乱流河人来说，简直就是一个让人头晕的天价。按照最好的年景，现在一亩地一年能收八九百斤玉茭，除去种子、化肥、农药、塑料薄膜这些必定要花的成本，再除去这税那费，一亩地最多也就能收入一百多块钱，这还要靠风调雨顺的好年景，还要操不知多少心，受不知多少苦，流不知道多少斤的汗水。想一想就让人头晕，你得受一百多年的辛苦，流一百多年的汗，才能在一亩地里刨出来一万五千块钱哪！你说你能不头晕吗你？啊？胜利的喜悦中，没有人再去百亩园了，因为合同一签，钱一拿，百亩园就是人家的了。焦炭厂的工程马上就要开始了，推土机马上就要开进百亩园了。

可是，不知不觉中，那些已经被人遗忘了的种子，还是和千百年前一样破土而出了。每天早上嫩绿的叶子上都会有珍珠一样的露水，在千百年来的晨风中，把千百年来的阳光变幻得五彩缤纷。只是这些种子们不知道，从今往后，永远不会再有人来伺候它们，收获它们了。它们在一场艰苦卓绝、惊心动魄的谈判中，被一次性地彻底地收购了。从此往后，百亩园里将是炉火熊熊、浓烟滚滚的另一番景象。

只有六安爷总也舍不得那些种下去的种子。他掐着指头计算着出苗的时间，到了该间苗锄头遍的日子，六安爷就拄着锄头来到百亩园。一天三晌，一晌不落。六安爷的锄头在百亩园最后的风景中留下最后的耕耘。

现在，劳累了一天的六安爷已经感觉到腰背的酸痛。满是老茧的手也已经有些僵硬。他蹲下身子摸索着探出一块空地，然后，坐在黄土上很享受地慢慢吸一支烟，等着僵硬了的筋骨舒缓下来。等到歇够了，就再拄着锄把站起来，青筋暴突的臂膀，把手中的锄头一次又一次稳稳地探进摇摆的苗垄里去。没有人催，自己心里也不急，六安爷只想一个人慢慢地锄地，就好像一个人对着一壶老酒细斟慢饮。

终于，西山的阴影落进了河谷，被太阳晒了一天的六安爷，立刻感觉到了肩背上升起的一丝凉意。他缓缓地直起腰来，把捏锄把的两只手一先一后举到嘴前，轻轻地啐上几点唾沫，而后，又深深地埋下腰，举起了锄头。随着两只臂膀有力的拉拽，锋利的锄刃闷在黄土里咯嘣咯嘣地割断了草根，间开了密集的幼苗，新鲜的黄土一股一股地翻起来。六安爷惬意地微笑着，虽然看不清，可是，耳朵里的声音，鼻子里的气味，河谷里渐起的凉意，都让他顺心，都让他舒服。六安爷在百亩园里做务了一辈子的庄稼，百亩园的每一寸土地六安爷都记得清清楚楚的。这世界上有的东西只用眼睛是永远也看不清楚的。银亮的锄板鱼儿戏水一般地在禾苗的绿波中上下翻飞。于是，松软新鲜的黄土上留下两行长长的跨距整齐的脚印，脚印的两旁是株距均匀的玉茭和青豆的幼苗。六安爷种了一辈子庄稼，锄地这件事他也做了一辈子。只是眼下这一次有些不一般，六安爷心里知道，这肯定是他这一辈子最后一次锄地了，最后一次给百亩园的庄稼锄地了。

沉静的暮色中，百亩园显得寂寥、空旷。初生的禾苗举着娇嫩的叶子在晚风中轻轻撩动，在六安爷什么也看不见的眼前轻轻撩动，它们还没来得及看一眼晚霞，就已经沉没在昏暗的山影中。一百二十亩肥沃土地的百亩园里，只有六安爷孤单的身影。

六安爷再一次在暮色中直起腰来，深深地舒了一口气。

六安爷想，“趁凉快，还能再锄一阵”。

六安爷喜欢这天地间昏暗的时辰。因为这时候，眼睛里边和眼睛外边的世界是一样的。他知道自己正慢慢融合在眼前这黑暗的世界里。这个安静的世界无所谓黑天白天，也无所谓看见看不见。

很多天以后，当人们跟着推土机来到百亩园的时候，无比惊讶地发现，被六安爷锄过的苗垄里，茁壮的禾苗均匀整齐，一棵一棵蓬勃的庄稼似乎全都充满了丰收的信心。没有人能相信那是一个半瞎子锄过的地。于是人们想起来六安爷说了无数遍的话，六安爷总是平静固执地说：“我不是锄地，我是过瘾。”

二〇〇四年八月十六日傍晚草毕

九月四日改定于太原家中

水牛

耕牛

牛，耕牛也。《易系》:“黄帝尧舜服牛乘马，引重致远，以利天下，盖取诸随。”未有用之耕者。《山海经》曰：后稷之孙叔均始作牛耕。世以为起于三代，愚谓不然。牛若常在畎（quǎn，音犬）亩，武王平定天下，胡不归之三农，而放之桃林之野乎？故《周礼》祭牛之外，以享宾、驾车、犒师而已，未及耕也。不然，牵牛以蹊（xī，音西，小路）田，正使藉稻，何足为异，乃设“夺而罪之”之喻耶？在《诗》有云：“载芟载柞，其耕泽泽。千耦其耘，徂（cú，往，到）隰（xí，音习，低湿的地方）徂畛（zhěn，音枕，田间小路）。”又曰：“有略其耜，俶载南亩。”以明竭作于春，皆人力也。至于“获之”“积之”“如墉”“如栉”，然后“杀时犉（rún，黑唇的黄牛）牡，有捄其角”，以为社稷之报。若果使之耕，曾不如迎猫、迎虎，列于蜡祭乎？盖牛之耕，起于春秋之间，故孔子有

“犁牛”之言，而弟子冉耕字伯牛。《礼记·月令》:“季冬出土牛”，示农耕早晚。前汉赵过又增其制度，三犁一牛。后世因之，生民粒食，皆其力也。

——图、文引自《王祯农书·农器图谱集之二》

我国古书中记载，夏初后稷之孙叔均开始使用牛耕，这是古代传说。近人据甲骨文推断，商代后期，殷人有用牛耕田的。不过必须指出，直到春秋前期，用牛拉犁耕田的并不多，一般都用耒耜耕田。当时牛所以不能推广，原因之一是，在奴隶社会中，奴隶被看作是能说话的牲口，使用奴隶比使用牲口更合算。在这样的社会中，拥有奴隶的人，根本没有使用畜力的必要。

大致春秋中叶，牛耕才渐渐多起来。孔子是春秋后期人。记载孔子言行的《论语》一书中有“犁牛之子骍且角”一句话。另外，孔子有一个弟子姓冉名耕，字伯牛；他又有一个弟子姓司马，名耕，字子牛。孔子称牛为“耕牛”……和孔子差不多同时代的左丘明，在他所著的《国语》一书中就明白地说：原来杀了用于祭祀的牛，现在驱使到田里干活了。这也表明春秋后期牛耕已比较普遍。用牛耕田是耕作上的一大进步，由耒耜发展到犁，是农具上的一大进步。

——引自《中国古代农机具·第二讲》

红宝拍拍黄宝的头，红宝说："黄宝，你放心。咱俩人藏在这儿哪个龟孙也寻不着！狗日的们做梦也梦不到这儿来！狗日的们派来多少警察也寻不着！"

黄宝不说话，黄宝用大眼睛看看红宝。

红宝的眼圈就红了。红宝指着地上摊开的那一堆东西安慰说："你看你害怕得你。我说他们寻不着，就是寻不着。你怕啥呀你？我把吃的、用的都带来了，米，面，锅，勺子，水桶，镰刀，被子，马灯，我连咸盐都带上了，够咱们在这儿藏一夏天的。窑也收拾了，也用蒿草熏了，能顶上招待所啦，你还有啥不放心的呀你？你要实在不放心，咱就垒了洞口在这儿过秋，过冬！咱就住在这儿不回家了！"

黄宝还是不说话，还是用大眼睛伤心地看着红宝。红宝终于忍不住，抹着脸大声哭起来：

"黄宝，我日他妈的呢！我那天就不该叫你看见那个坑，我也不知道他们那是埋牛呢。这都是哪个龟孙定的规矩，他们凭啥要扑杀咱呀，咱又没得那五号病*，我日他妈的呢，凭啥别的牛得了五号病，就得把村里的牛都杀了呀？挖恁深的坑埋进去，还得撒恁多的石灰，比日本鬼子还狠心！我爷爷说，只有日本鬼子才烧光杀光抢光，只有日本鬼子才这么狠心，这么没人味儿，他还没见过有谁这么狠心的呢。凭啥人得了病就花

* 作者注：口蹄疫。

钱给治，凭啥人得了‘杀死’病*就不扑杀呀？凭啥牛得了病就得扑杀呀？咱肚子里还有个牛犊呢，两条命呢，凭啥母子俩就叫他们白白杀了呀？再说咱好好的，咱根本就没得病……”

看见红宝哭，黄宝就把自己的脸拱到红宝怀里。一股温暖熟悉的味道扑面而来。这么一来，红宝哭得更痛了，红宝伸手抱住黄宝的头，红宝发誓说：

“黄宝，黄宝，你放心，要活咱俩一块儿活，要死咱俩一块儿死，除非他们把我也挖坑埋了，除非他们也给我撒上石灰……乱流河这一道川里都成了他们的屠宰场啦，咱俩永辈子也不回家了，就住在这儿，就把咱的牛娃生在这儿，在这儿开荒种地，咱俩一块儿老死在这儿吧……”

被熏过的窑洞里，弥漫着一股蒿草烧过的烟香。土窑洞坍塌的洞口上，静静地镶嵌着一块碧蓝碧蓝的天，是那种看一眼就会让你头晕的透蓝。塌下来的黄土把洞口堵了一多半，人只能低下头钻进来。窑洞前的空地上长满了一搂粗的橡树、杨树、山核桃树，大树底下满是密密麻麻的灌木和蒿草，把洞口严严实实地挡在后边。如果不留意，谁也看不出这曾经是原来的农家小院。茂密的蒿草被红宝和黄宝踩出一道沟来，草们倒伏在沟底，草叶的背面翻过来，在太阳底下白亮白亮地闪着银光。漫山遍野的寂静中，有一只蝉在枝头上独唱，纤细的声音很快就断绝在正午灼人的阳光下面。

* 作者注：SARS。

红宝的爷爷说这个荒村子原来叫七里半，住过五六户人家。红宝的爷爷当年就和红宝的太爷爷住在这个院子里。从五人坪往北二十里，翻过老林沟，往南背的大坡上一股劲爬七里半，再过一条沟就到了。这村子就是当年叫来扫荡的日本鬼子给烧毁了的，从那以后六七十年就再没有人来住过。前两年满金爷在七里半村口的老核桃树上吊死了，这个地方就更没有人敢来了。埋满金爷的时候，红宝来抬过人，他就是从那时候才看见了爷爷当年住过的这个院子，院子里的三孔窑洞塌得只剩下这一孔了。

黄宝终于说话了，它扎在红宝怀里轻轻地哞了一声，一道口涎从嘴角上长长地拖下来。它晃晃头，两只黑黑的大眼睛轻轻地一眨一闭。可惜，脖子上的牛铃铛没有了，要不然就能听见悠长舒缓的牛铃声。

听见黄宝叫，红宝止住了哭声。他抹抹眼泪，从怀里掏出牛铃来：

“黄宝，你不待见我哭呀？行，我听你的，我日他妈的我不哭啦，哭得没意思。黄宝，你饿了吧，你得再等等，现在天太毒，日头把草都晒蔫了、晒热了，这会儿割下的草不好吃，等傍黑的时候我给你割草去，傍黑的时候草们就都醒了，都缓过来了，那时候的草好吃，明天清早的挂上露水就更好吃。”说着，他摇摇牛铃，“你看，我把你的铃铛也带来了，咱先把铃铛挂在窑里，等以后没事了再戴上回家。”

黄宝懂事地又哞了一声。红宝的眼圈立刻就又红了：

“黄宝，咱俩真恓惶呀，连吃口草都得偷偷摸摸的……我不能让你到坡上吃草去，我实在是担心万一叫什么人看见你。你放心，等天黑了，我跟你一块儿出去到坡上透透气。”

黄宝又眨巴眨巴眼睛，黄宝什么都明白。

火红的晚霞漫天烧起来的时候，红宝拿着镰刀来到窑洞外面。站在山坡上，红宝眯着眼睛笑起来，他看见晚霞映红了满山坡的嫩草，火条烧，白蒿苗，喇叭花，都被晚霞镀了一层金光，在晚风中漫山遍野地涌动。红宝和他的镰刀也被镀了一层金光。红宝满脸堆笑地挥起了镰刀，红宝说：

“黄宝，黄宝，你瞧瞧，你瞧瞧这草！都是你爱吃的！别说你一个人，就是赶来一群牛大家伙儿一块儿吃，一夏天也吃不完。你还发啥愁呀你，我日他妈的呢，能在这儿开个养牛场！”

红宝右手握定镰刀，有力地弯下腰去，镰刀把密集的草丛分开，整个镰刀向左一压，把草挡在左手上，锋利的刀刃紧贴地皮唰的一声，茂密的草地上就留下一道泛着浆水的新茬子。割上两刀，红宝就要转过身来把手上的青草放在空地上。随着身体有力地起伏，和唰唰的割草声，在红宝身后渐渐留下一片泛着青草味儿的空地，在空地崭新的草茬子上面，排列起一摊一摊的青草。霞光满天，群山无语。远远看去，寂静高远的霞光中，红宝起伏的身影就好像在操演一个什么古老的仪式。

一转眼的工夫，红宝兴冲冲地扛着一捆青草回到土窑里。闻见新鲜的青草味儿，黄宝立刻兴奋地伸过鼻子来，红宝故意挡住它：

“看你急的，看你急的，连绳子也不叫解啦你？”

黄宝不理他，黄宝咬住垂下来的青草一甩头，把一绺青草拽下来叼在嘴里，有滋有味儿地吃起来，窑洞里立刻响起一阵咯嘣咯嘣的咀嚼声。

红宝拉开草捆的绳扣，鲜嫩的青草摊在地上。红宝专门把喇叭花秧子挑出来，堆到黄宝嘴跟前：

“我说黄宝，你缺心眼儿呀，要吃就先吃最爱吃的呀！我又不和你抢！”

拖着个怀孕的身子走了二十多里山路，黄宝早就饿了。黄宝不抬头，伸出长长的舌头把鲜嫩的青草一绺一绺卷进嘴里，窑洞里一片酣畅的咀嚼声，咯嘣咯嘣，咯嘣咯嘣……

看着黄宝吃草，红宝觉得比自己吃饭还香。红宝舔舔嘴唇，咽下一口唾沫，也揪了一棵白蒿苗放进嘴里咬了一口，然后拍拍黄宝的脖子：

“黄宝，你好好吃吧你，我刚才就着凉水吃过窝窝了，我不饿。黄宝，我想明天再去给咱弄张饭桌来，咱们来的时候我在水沟边上看见一块青石板，洗干净搬回来正好顶个桌子用，等弄好了，你在上头舔盐，我在上头吃饭，咱俩就把光景正儿八经地过起来。一家人过光景，咱啥物件儿也不能短了，啥营养也不能缺了，黄宝，你说是不是？”

黄宝不抬头。黄宝忘情在酣畅的咀嚼之中。残破的窑洞里充满了野草的清香和黄宝身上那股熟悉温暖的味道。红宝又拍拍黄宝的脖子，心里充满了说不出的温暖和宽慰，他觉得这孔爷爷当年住过的窑洞，简直就是专门留给他和黄宝用的，简直就是一个活神仙住的福地洞天。他揉揉黄宝的耳朵：

“黄宝，不着急，你吃吧你，慢慢吃，等你吃饱了咱就睡，你放心，明天早上太阳保管还是从东边儿升起来！”

睡到半夜时分，忽然响起了雷声。紧接着，大雨在震天动地的电闪雷鸣中倾盆而下。一道一道的闪电直劈山顶，撕天裂地的炸雷震得窑洞四壁落下一缕一缕的烟尘。红宝被雷声震醒了，借着闪电他看见卧在地上睡觉的黄宝已经吓得站起来了。红宝赶紧点燃了马灯，看见黄宝焦躁不安的眼睛，红宝笑起来：

“黄宝，不用怕，有我在这儿呢，你怕啥呀你？”

看见灯光，黄宝果然安静了许多。红宝把灯捻儿捻大，窑洞里顿时明亮起来，红宝又笑笑：

“黄宝，你要是害怕，咱就亮着灯，过来吧黄宝，就卧在我身边。”

黄宝走过来，安安静静地卧在红宝身边。

两个人躺了一会儿，红宝还是有点舍不得灯油，就和黄宝商量：

"黄宝，你一闭上眼，天就成了黑的，就啥也不用看了，你说是不是呀？灯油咱得省着点用，往后的日子长呢。你要是害怕，你先睡，我灭了灯再给咱守一阵儿。"

红宝熄灭了马灯，在黑暗中静静地守着。大雨和雷鸣不知什么时候忽然停了下来，山野里立刻又恢复了原来的寂静。整个世界都被洗干净了，湿漉漉的树林和野草，在天地间弥漫出让人销魂的清新。远处，被雨水壮大了的溪流，在清新的寂静中淙淙流进深不见底的黑夜。满天荧荧闪光的星星，好像刚刚哭泣过的伤感温柔的眼睛。柔和的夜色中，红宝和黄宝一起进入了梦乡……

黎明前的黑暗当中，那个荒废多年的农家小院里发出一声闷响，被雨水浸泡过的残窑忽然整个塌了下来。

两天以后，县里畜牧局和公安局的人到五人坪来强制执行的时候，到处找，也没能找到红宝和他的牛。村里有人说，红宝带着他的牛下山找他姐夫去了。也有人说，你们就不用费那个事啦，寻着也是白搭。红宝光棍一条，那头牛红宝养了十年了，又给他耕地又给他下犊子，黄宝就是红宝的命，红宝亲黄宝比亲亲骨肉还要亲呢，寻着，也别想带走，除非你们把红宝也埋了，除非你们把红宝抓起来，给他判刑，叫他蹲监狱！

其实，连五人坪的人自己也纳闷：全村的牛都叫公家给杀了埋了，你说这红宝和黄宝到底是逃到哪儿去了他们？一个月过去了，不见人。半年过去了，还是不见人。整整一年过去了，还是没有半点消息。

这个世界上没有人知道，也没有人看见，七里半的那孔土窑洞塌了，夏天的杂草和野藤早已经盖满了新塌的黄土。

二〇〇四年十一月二十八日上午草毕

十二月十日清晨改定于太原家中

黄牛

牧笛

牧笛

牧笛，牧牛者所吹，早暮招来群牧，犹牧马者鸣笳也。尝于村野间闻之，则知时和岁丰，寓于声也。每见模为图画，咏为歌诗，实古今太平之风物也。

王荆公诗云：绿草无端倪，牛羊在平地。
芊绵杳霭间，落日一横吹。
迢遥送晚响，诞谩写真意。
岂比卖饧夫，吹箫贩童稚。

——图、文引自《王祯农书·农器图谱集之七》

不会有人来了。其实，根本就不可能有人来。从黑龙关到河底镇，一连四天，他们都和这个马戏团碰到一块儿。马戏团一到，人们就像中了魔一样，全都钻进他们那个大棚子里头去了。任凭你弹弦子，吹笛子，就是没人搭理。

夕阳把山的影子拉得很远。暗影之中，微微的冷风加重了几分力量。儿子满心失望地把三弦琴装进琴袋，挂到肩上，把折叠凳折起来提到手上，然后搀扶起身边的老人：

“爸，咱走吧。”

老人有点不甘心，把手里冰凉的竹笛又抹了一把。

可那只抓在臂膀上的手分明是不容分说的。老人只好站起来，把手中的笛子放进挂在胸前的那只布袋里，于是，布袋里发出一阵清脆悦耳的碰撞声。布袋里还装着另外一样乐器：一对说书用的响板。老人知道儿子在生气，他故意岔开话题：

“咳，我说把唢呐带上吧，你偏不让，我说带上吧，你偏不让，唢呐子一吹又响亮又热闹，保管有人来……”

儿子顺手又提起父亲坐的另一只折叠凳，因为用的力气太大，折叠凳拍得噼噼啪啪乱响。老人听出来了，稍稍停顿了一下，可他还是想安慰安慰儿子的火气，他又一次岔开话题：

“唉，世道真是变了！搁在二十年前，我秦瞎子弦子一拨，走遍天下，到了哪儿也是人挤人，我肚里装着全本的……”

儿子猛然打断了他：“行啦！行啦！你肚里装着全本的

《隋唐演义》《说岳全传》，装着《三侠五义》，装着盘古开天、女娲造人……你装啥不是也白搭，咱干坐了整整四天啦，不是也没人理，没人听！一个瞎子、一个瘸子坐在大街上有啥好看的？人家不骂就是便宜！”

有血色猛然涌到脸上。老人知道儿子生气不只是为了没有人来听他们说书，儿子生气更是因为不让他到街对面的那个大棚里去看“新鲜”。一个要去，一个不让，这股气已经憋了四天了。老人忍了忍。涌上来的血色很快又退了下去。尽管舍不得钱，尽管不情愿，可到底还是有些心疼儿子，只好把岔开的话题又转回来：

“要不……你现在看看去。咱可说好了，就看一场。我不进去，我在外边等你。我一个瞎子，我不花那冤枉钱，我不看，我也不听那些狗汪汪，我嫌那东西寒碜人！”

儿子紧绷的脸色立刻缓下来：“爸，你想好喽，别后悔，真舍得叫我去？”

“想好了。不后悔。”

“你别叫人去了，完后又叨叨人，我可不为十块钱听你一冬天的叨叨。”

“你咋就弄不明白，我不光是为了心疼那几个钱。”

“你看，你看，又叨叨不是。”

老人无奈地苦笑起来：“咳咳，行，儿子，爸不叨叨你。我娃一辈子恓惶得娶不上个女人，还能一辈子不叫你看看女人。过干瘾，也是过瘾不是？过干瘾总比啥都没见过强，能行，咱去。放心吧你，爸管保不叨叨你。”

儿子高兴起来：“爸，那咱快走吧！”

儿子把身边的竹杖递给父亲，另一只手把两张折叠凳都夹在胳膊里，一老一少牵了竹杖，从横七竖八的店铺和摊贩中间穿行而过。年轻人兴奋的脚步相差很大，一高一低，整个身体就像一架不大协调的什么机器，在杂乱的背景中剧烈地摇摆沉浮。

兴奋的脚步后面，又有一阵悦耳的碰撞声从布袋里传出来。

冷风和夕阳之中，两张满是艰辛的男人的脸上露出由衷的体贴和快乐。

很快，他们来到那个轰轰乱响的大棚跟前。人还没有进门，脑袋已经快要被扩音器吵得爆炸了。东方神女马戏团的两个把门人，满脸揶揄的坏笑：

“嘿呀，来得早不如来得巧，今天最后一场，马上开演！嘿呀，你二位不再唱对台戏啦？不想说古书啦？也想来瞧瞧新鲜？也想开开眼？闹明白喽，一位十块，两位二十块，看得见，看不见，进门都得交钱！”

老人不理会别人的嘲讽，在后边抻抻竹杖吩咐儿子：“娃，爸就不进去了，你把东西都留给我，我坐在外边等你。”

于是，在凛冽的寒风和震天的流行音乐中，在东方神女马戏团鲜艳的大棚外边，在花花绿绿的彩旗中间，泥塑木雕一般地坐了一个说书的老人，老人的身上挂满了他心爱的乐器。随着一阵架子鼓的轰响，大棚里，女主持人尖厉的嗓音从扩音器里传出来：

“亲爱的各位观众朋友们，演出现在开始——！首先，我为大家献上《我不是黄蓉》，这首歌上季度刚刚登上流行歌曲排行榜首位，是今年红遍全国的新歌！大家将会听到最时尚的HIP-HOP节奏和旋律，将会看到最时髦的美国街舞表演！为我伴舞的是——金猴美女演出队，你们将会听到我美丽的歌声，将会看到她们漂亮的身材！希望大家能够喜欢——！谢谢——！谢谢——！”

发了疯的音乐声像是被点燃的炸药一样爆发出来：

> 我不是黄蓉，我不会武功，
> 我只要靖哥哥完美的爱情，
> 我不是黄蓉，我整天做梦，
> 在夜里唱情歌，失恋也英雄……

嘭嘭嘭的HIP-HOP节奏推着那些反反复复的重音，一下一下冲过来，好像一架什么机器在身后一拱一拱地撞着人的身体，牵着你的胳膊，推着你的腿。就在老人极不自在地在折叠凳上挪动着身体的时候，一阵狂叫压过了音乐声从大棚里爆发出来：

“脱呀——！脱呀——！白呀——！全脱光啦算屎啦——！都脱了你妈的吧——！”

扩音器里，女主持人煽动着狂热的人群：“谢谢——！谢谢——！大家不要急，好戏在后头，下面请黑熊神女演出队，为大家演出最精彩、最时髦、最好看、都脱光的……”一个粗野的男声在重金属音响的喧嚣中，像野兽一样号叫起来：

给我一片药，我就对你笑，
给我两片药，我就跟你跳，
给我三片药，我就叫你抱，
给我四片药，我就让你肏！
药！药！药！快点给我药——！
肏！肏！肏！我就让你肏——！

口哨，尖叫，狂嗥，跺脚，喝彩，咒骂，和打着强烈节拍的音乐声搅成一团，像一阵昏天黑地的狂风，像一股浊浪滔天的洪水把人席卷而去。

不知道这一切都是怎么停了下来的。也不知道那个几乎就要爆炸的大棚里怎么就突然没有了喧闹的声音。当头昏眼黑的老人终于从狂乱的震动当中定下神来的时候，他觉得又有人抓住了自己的胳膊。回过头，老人仿佛看见了儿子那张兴奋不已的红脸，不由得苦笑起来：

“嘿，小子，你都看见啥啦小子？”

“爸，全都看见了！一个一个大姑娘全都脱得光光的！脱光了衣服跟猴儿和黑熊一块儿跳！棚里的人全都嗷嗷叫，全都快疯啦都！”

“过瘾么小子？”

“过！真过瘾！”

“咳，傻儿子，连咱说书的人自己都跑到人家的大棚里过瘾去了，你说还有谁再听咱们说书呀，啊？儿子？你可真是傻成木头橛子了你！”

儿子顾不上回答父亲的问话，还沉浸在自己的快乐之中：“爸，你是没看见，一个一个全都脱得光光的，身上连一根线也没有，左扭右扭，翻跟斗，又摆腿又扭屁股，棚里的人全都快疯啦都！真白呀，真好看呀，真叫个过瘾呀，爸！”

老人又笑笑：“过瘾？傻小子，看你今黑夜怎么熬煎吧你！”而后又深深地叹口气，“唉——，是爸没出息，连个媳妇也给我儿说不下……我看呀，往后咱不能再说书了，如今这世道，靠说书是难养活人了。咱们顶不过人家，又没有大喇叭，又没有脱衣裳的姑娘，咱啥都没有，和人家争啥呀争？争不过，躲得过，咱们以后得远远地躲开这些马戏团，要不，咱父子俩就等着活活饿死吧！”

儿子还是顾不上回答父亲，还是满脸通红地沉浸在自己激动不已的兴奋当中：“爸，你是没有看见，八九盏明晃晃的聚光灯照着，一个一个真叫个白呀，爸……”

一转眼，散场的人走得一个不剩。

深沉的暮色，终于把河谷埋进渐渐模糊的暗影当中。不知什么时候，寒意逼人的夜幕里亮起几盏疏落的灯光，深深地躺在黑暗的底处，像是被寒夜冻出来的冰灯。眨眼之间，人去城空。这个叫河底的陌生小镇刚才还又疯狂又热闹，挤满了来赶集、来看“新鲜”的人，现在一下子变得又宽大，又空旷。空旷宽大的街道上只留下遍地的垃圾和被人踩扁的肮脏的塑料袋。浓重的煤烟味儿在黑暗中一股一股地飘过来，偶尔还夹杂着炒菜的油香。饥饿的肚子不停地叫，从早晨到现在父子俩只啃过几块干粮，还一直没舍得吃口热饭。

也许是被这炒菜的油香味儿触动了什么，老人忽然想起了自己去世的老伴，两行热泪在冷风中夺眶而出……黑暗中，在前面牵着竹杖的儿子一高一低兴冲冲地走着，什么也没有看见。

二〇〇四年十一月六日晨草毕

十二月十日清晨改定于太原家中

桔槔

桔槔

桔槔［桔，古屑切］［槔，古刀切］，挈水械也。《通俗文》曰：桔槔，机汲水械也。《说文》曰：桔，结也，所以固属；槔，皋也，所以利转。……《庄子》曰：子贡过汉阴，见一丈人方将为圃畦，凿隧而入井，抱瓮而出灌，搰搰然用力多而见功寡。子贡曰，有械于此，一日浸百畦。凿木为机，后重前轻，挈水若抽，数如沃汤，其名为“槔”。又曰，独不见夫桔槔者乎？引之则俯，舍之则仰。……今濒水灌园之家多置之，实古今通用之器，用力少而见功多者。

——引自《王祯农书·农器图谱集之十三》

桔槔的装置很简单。用一根长杆，中间较高的横挂在架上。长杆的一头挂水桶，另一头绑上或悬挂一块重石。汲水时，把挂水桶的一头向下拉，使桶下垂入井中，这时绑重石的一头高高翘起。桶中装水后轻轻上提。因为长杆另一头的重石下压，所以不必费多大力气，水桶即被提到地面上来，然后倾入田中。桔槔利用杠杆的原理，比全凭双手从井中提水省力多了。所以子贡说，利用桔槔，可以“一日浸百畦”，“用力甚寡而见功多”。

桔槔并不是子贡所发明的，他只是把在别的地方看到的装置方法转告这位老农而已。据考证，桔槔可能创始于商代初期，那么在子贡之前的一千多年已有这种提水装置了。

——图、文引自《中国古代农机具·第九讲》

大满对自己的发明创造非常满意。大满自豪地拍拍弟弟的后脑勺：

“小满，看见了吧，这叫杠杆原理，这东西原来是提水浇地用的，叫桔槔，是古代人用的，我上中学的时候老师教过。”

小满有点不相信：“哥，你这东西真管用？”

“啥叫真管用？物理书上说古希腊有个叫阿基米德的科学家，知道古希腊在哪儿么？——远着哪，在欧洲！阿基米德说，只要给他一个支点，他就可以把地球抬起来。你知道为啥？就是因为利用了杠杆原理。小满，你想想，连地球都能抬起来得有多大劲儿，别说耙他几块焦炭了！”大满又拍拍弟弟的后脑勺，“待会儿你就知道这东西有多好使了！能把那些呆货气死！”

铁路边上立着一根没有架线的水泥电线杆，电线杆上有两排攀登用的铁把手，远远看过去，就好像立着一根大鱼刺。谁也不知道这根废弃的电线杆为什么会立在这儿。现在这根电线杆的半腰上绑了一根麻绳，麻绳上吊挂着一根长长的竹竿，竹竿的一侧绑了一块大石头，朝铁路那一侧的竹竿头上又绑了一只铁耙子，连着铁耙子这一侧的竹竿上垂着一根粗绳子。大满把绳子绕在手腕上，使劲往下拽拽绳子再举起胳膊，铁耙子就高低起落着摆动起来。大满所自豪的发明就是这个简陋的装置。看上去，还真有点像一架提水用的桔槔，只是少了一只水桶，多了一把耙子。

居高临下的视野开阔、辽远。寒光闪闪的铁轨从群山的夹缝中伸展出来，在山谷里蜿蜒曲折。山坡上已经落了叶的树丛全都光秃秃的，有不知名的鸟在树枝上叫。山谷底下是半干的七曲河，河中心红褐色的石头河床里，黑黄色的河水翻着刺鼻的泡沫，像一道溃烂的伤口。弟兄两人躲在阳坡上的一块大石头背后，舒舒服服地躺在暖洋洋的太阳底下，看着亮闪闪的铁轨从他们眼前一直落向溃烂的河谷。大满的嘴角里叼着一片枯黄的树叶。他们已经看见巡道员走过去了。他们在等火车，在等拉焦炭的火车从河谷底下爬上来。大王村、小王村、半坡底的男人都在凤凰山的山坡上藏着，都在等着拉焦炭的火车爬上来。每年一入冬，大伙就在这儿等火车。火车快爬到山顶的时候，也是车速最慢的时候。等得心急火燎的人们，从铁轨两侧一拥而上，每人手里高举着一根长竿子，追着火车从敞口的车厢顶上往外拨焦炭。车厢里装的都是大小均匀质量上乘专供出口的炼钢焦炭。冒出车帮的焦炭块被几十根贪婪的长竿子追赶着，拨弄着，稀里哗啦地滚落下来。前面有人拨，后面有人提着口袋装。两人一组，互相配合，各自守着自己的地段，相互之间绝不混淆。在车轮和铁轨轰隆轰隆的撞击声中，车厢一节一节爬过来，长竿子一次一次举起来。因为是在铺满石子的路基上紧贴着车厢追赶，举竿子的人弄不好会摔倒或被车厢刮到，所以要十分的小心敏捷。为了防止被飞落的焦炭块打破头，每个人还都戴了一顶厚厚的棉帽子。人们相互间没有多余的废话，只有简单干脆的催促声和满脸焦急专注的神情，活像是某个车间里安排有序、衔接严谨的生产流水线。等到内燃机车吃力地爬过山顶的时候，会发出一阵凄凉的吼叫。听到汽笛声，所有的长竿子都会同时放下来，大家站在路基边上松一口气，目送这个钢铁怪物突然加速，从面前轰隆轰隆飞奔远去，车厢、车轮带出的疾风，裹着沙子和焦炭的碎屑尖利地刺到脸上。当火车在山顶上消失之后，来偷焦炭的人群立刻也消失得无影无踪。野岭大荒之中，这个转眼而去的场面特别怪异也非常壮观。

拨下来的焦炭专门有人来收购，这些被收购的焦炭装上卡车，被卖到四面八方，有些甚至会再卖回到焦炭厂。七曲河露天煤矿是全中国数一数二的大煤矿。露天矿的焦炭厂一年四季要生产出成千上万吨的焦炭。所以，七曲河两岸的农民有一句顺口溜，说是，翻身靠的共产党，盖房靠的焦炭厂。于是，一幢又一幢的农家小院在七曲河两岸拔地而起。簇新的院门，晶亮的窗户，全都在河谷两岸守着那道腐烂的伤口。

大满今年二十岁，大满的新房已经盖好了，媳妇也说好了，彩礼也送了，家具、彩电、冰箱都买好了，就等着腊月结婚了。现在弟兄俩是给小满耙焦炭。小满今年十七岁，小满的房地基乡政府已经批准了，紧挨着大满的新房，现在就等钱，只要有了钱，房子不愁盖。所以，今年冬天大满小满得加油干。

也许是太阳照得太舒服，大满想起了自己今后美滋滋的小日子。大满得意地拱拱小满：

“小满，你说，你嫂子漂亮不漂亮？”

小满撇撇嘴：“啥嫂子不嫂子呀？还没结婚呢你！人家叫翠鱼儿！”

“得了吧，就差三两个月，早晚也得是你嫂子，早晚也得给你生下一堆侄子侄女！”

小满笑起来：“等我结了婚，早晚也得给你生一堆侄子侄女！看谁生得多！”

大满砸了小满一拳：“能得你小子！生得多了，看村长不把你罚死！”

“罚就罚。反正有焦炭厂呢！多来几回凤凰山就全有了！”

弟兄两人叽叽嘎嘎一起笑起来，笑得直流眼泪。

等到笑够了，大满把自己嘴角上的树叶拿下来。很认真地提起另外的话题：

“小满，其实你不该留在村里。我是没办法，爸妈要和我住，我得给他们养老送终。你不用跟我学，你不应该留在村里生孩子，你应该好好上学，将来到城里工作，当个城里人。”

小满又撇撇嘴：“我不想上学，上学没有拨炭有意思。你上了初中不是一样的，还是回村种地。”

“你不用说我。我是考不上高中。你狗日的连小学你也没上完。”

小满根本就不想讨论这个问题：“我不想上学，上学没有拨炭有意思！我也不想到城里打工受气去。城里又没有焦炭厂。在咱这儿多自在，想种地就种地，不想种地就拨炭。不是照样盖房娶媳妇，照样过好日子！”

小满把头从哥哥肩膀旁边扭开。小满把眼睛转到铁轨上，两条寒光闪闪的铁轨从山顶一直落到河谷里，又在河谷里伸展到老远老远的地方，远得有点让人头晕。小满忽然想，眼前的这条铁路，不知道到底看过多少遍了，这一辈子也不知道到底要看多少遍……这个念头只闪了一下，小满又想起了另外的问题：

“哥，你说村里老人们说的那事情是不是真的呀？”

“啥事情？”

“凤凰山的宝贝呀！不是都说凤凰山上有数不清的珍珠玛瑙金银财宝吗？你说那些财宝都上哪儿去啦哥？都叫那弟兄俩给掏光啦？”

大满叹了口气，大满说：“小满呀小满，你要是上上学，就不至于这么傻啦你！哪有什么珍珠玛瑙金银财宝呀？哪有什么弟兄俩寻宝呀？那都是编古话儿的人瞎编出来的。天底下的古话儿都是一个样，都是哥哥太贪心最后遭了报应，弟弟太善良受欺负最后享了清福，全都是这老一套，全都是一屎样！我告诉你吧，凤凰山的财宝谁也没掏走，凤凰山的财宝就是山底下的煤，你说要没有那些煤，哪有焦炭厂？没有焦炭厂咱们这些人上哪儿拨焦炭去，上哪儿弄钱盖房子娶媳妇去？我告诉你吧小满，咱俩就是来掏宝贝的那弟兄俩！小满呀小满，不是我说你狗日的，这人真是不能没文化呀！一没文化就犯傻！”

小满嘿嘿地傻笑起来，虽然哥哥是在骂自己，可小满觉得很开心。小满一直都很佩服自己的哥哥。比如眼前哥哥发明的这个“桔槔”吧，小满就是做梦也梦不出来。正在傻笑的小满忽然兴奋地坐起身来，抬手一指：

“哥，车来啦，哥！”

果然，老长老长的一列火车从远处爬进河谷里来。山坡上，不知是谁猛然打了一个长长的激动人心的呼哨。戴棉帽子的人群举着长竿像变魔术一样，从铁路两面的山坡上一下子涌现出来。

大满得意扬扬地站起来，把那节垂下来的麻绳绕在手腕上。

事实证明，大满的发明创造是极其有效的。当满载焦炭的列车经过的时候，随着那把高过车厢的铁耙子一起一落，焦炭像瀑布一样哗哗地泻下来。小满高兴得嗷嗷叫。旁边的同行们一个个羡慕地骂起来：

“哈，这弟兄俩可想出个狗日的好办法！”

“大满，小满，日你妈的慢些吧你们，招呼把车里的货都耙出来!”

大满笑得涨红了脸。大满不回头，盯紧了车厢，只是一个劲儿地催：

“快，小满，快装，用铲子撮，不用理那些狗日的!”

小满为哥哥杰出的发明欢呼起来:“哥，你弄出来的这个桔槔真叫个好使呀哥！咱他妈的就差把地球抬起来给狗日的们看看啦，哥！快耙呀，哥!”

长龙一样的列车发出轰隆轰隆的巨响，震得地动山摇。当它爬到山顶的时候，像往常一样发出一阵凄凉的吼叫声。听到汽笛声，所有的人也都像往常一样，立刻收起了手里的长竿。可大满没有停手。大满耙得太高兴了，完全沉浸在对自己发明创造的快乐之中。大满根本就没有注意到列车突然加速了，一眨眼，铁耙子挂死在车厢上，挂在桔槔后边的那块大石头本来应该是垂直上下的，现在却猛然一个横摆，捆在绳子上的石头死死地卡在灌木丛的乱枝中间，粗大的竹竿拦腰横挡在电线杆上，立刻被拉成了一张大弓。随着一阵断裂声，铁耙子的木把被火车拉断了，那张大弓骤然反弹回来。小满只顾低着头撮焦炭，小满也没有注意到火车突然加速了。等到小满在人们的惊叫声中抬起头来的时候，大满根本来不及解开缠在手上的麻绳，已经被那根瞬间反弹的竹竿重重地弹射到车厢上，随即，大满像个棉花团一样，又被飞驰的列车甩到路基下。大满的脑袋摔在路旁的一块大石头上，鲜血和脑浆立刻染红了那块冰冷的石头。列车带起的疾风，把大满的棉帽子刮得一阵狂奔。

这天的傍晚，小满回家的时候，没有带回来焦炭，只带回来哥哥的尸体。

这年的腊月，小满家没有办喜事。

过了一年的腊月，小满在大满的新房里结婚了。新娘还是翠鱼儿。村里的长辈们都说，弟兄俩前后娶一个女人，姐妹俩前后嫁一个男人，这都是见过的。彩礼都送了，东西都预备了，说到底是两家要结亲呢。再说啦，女大三，抱金砖。这也是在理在论的，能行。

办喜事的那天，小满喝了酒。小满一身酒气地来到洞房里，小满抱住了新媳妇。小满说：

"翠鱼儿，你本来该是我嫂子……"

翠鱼儿点点头："我知道。"

小满又说："翠鱼儿……我想我哥……"

翠鱼儿又点点头，翠鱼儿说："小满，我也想。"

两个人就抱着头一起哭起来。

后来，时间一长，事情就渐渐淡漠了。小满把自己原来的那块房基地留了下来。小满打算在这块地基上给自己的儿子盖一幢新房子。

二〇〇四年十二月八日中午写

二〇〇五年四月十七日改定于草莽屋

禾担

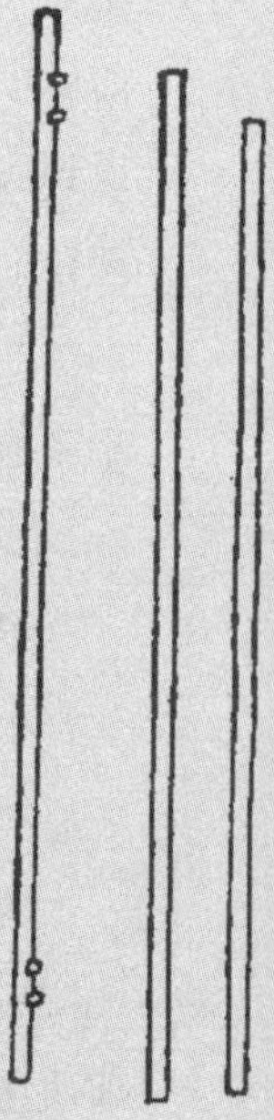

扁 担

禾担［都滥切］，负禾具也，其长五尺五寸。剡（yǎn，音演，削尖）扁木为之者谓之“软担”，斫（zhuó，音啄，用刀斧砍）圆木为之者谓之“楤担”，《集韵》云，楤音“聪”，尖头担也。扁者宜负器与物，圆者宜负薪与禾。《释名》曰：“担，任也，力所胜任也。”凡山路崎崄，或水陆相半，舟车莫及之处，如有所负，非担不可。又田家收获之后，塍埂之上，禾积星散，必欲登之场圃，荷此尤便。

诗云：累累禾积大田秋，都入农夫荷担头。

才使赪肩到场圃，主家仓廪又催收。

（赪，chēng，音称，红色。）

——图、文引自《王祯农书·农器图谱集之六》

金堂坐在地上，两只手上各握了一块浑圆的卵石，屁股下面垫了一块汽车轮胎，轮胎的两头朝上兜着，四角打洞，用绳子吊在腰上。两条半截的大腿下面又用铁丝横绑着一截扁担，这截横着的木头把两条残肢连成一体。缠在腰间的麻绳上还吊着一只认不出颜色的塑料袋，袋子里装着半塑料瓶的水和杂七杂八的食物，有金堂自己捡来的，也有别人给的。金堂弯下腰，双手支地，用力一撑，绑着扁担和轮胎的身体就能些微地离开地面，而后，前倾的身子努力一挪，人就可以向前挪动一点。随着身体的挪动，腰里的那只塑料袋就会沙沙作响地来回乱晃。如果和他迎面碰上，猛然看一眼，会让你吓一跳，因为你一下子根本认不出这蓬头垢面浑身稀烂的一团东西到底是什么怪物。像这样一撑一挪地朝前移动身体，根本就是一种挣扎，很慢，也很吃力，每一次最多能挪三四寸。这是金堂现在学会的行走方式。金堂以前不是这样走路的，金堂以前是高高大大的个子，有两条又粗又壮的长腿。金堂是南柳村老木匠传灯爷调教出来的徒弟，是乱流河一带小有名气的木匠。人们常常看见金堂把他那根特制的短扁担往肩膀上一挑，一头是木匠家具，一头是铺盖，四处游荡健步如飞。每年冬天金堂都是这样担子一挑，健步如飞地出去找活干。可现在，木匠家具没有了，铺盖没有了，两条腿也没有了，蓬头垢面一身稀烂的金堂只能这样挪。眼前是个长长的缓坡，所以就更慢，也更吃力。但是金堂早已经学会了耐心，早已经不再用“还有多远”“什么时候能到”这样的问题折磨自己。金堂现在已经闹明白了，一个人如果他不能站起来用两条腿走路，那他就得换个活法。比如，他就根本不能想“还有多远”“什么时候能到”这样的问题。这都是长着腿的人想的事情，一个没有腿的人想这些事情就是自己给自己找罪受，找双份的罪受，就是自己跟自己过不去，就是自己把自己放到油锅里煎熬，就是自己把自己往死路上逼。就像那个医生说的，金堂已经学会了心理调整，已经把自己的心调整得像手里的那两块卵石，冰冷，坚硬，所有的棱角都打磨得又光又圆。

可是，眼前的这个缓坡不一样，这是金堂要挪过的最后一个坡了，坡顶上是一个拐弯，顺着弯道拐过山嘴就算是熬到家了。秋天傍晚的蓝天下面，墨绿的山野间金黄火红一派斑斓，一派斑斓的山坡底下是这条又白又长的路。一撑一挪的金堂，忽然在满山的斑斓里停了下来，他忽然发现自己下意识当中加快了“步伐”。金堂黑得像锅底一样的脸上露出来两排白闪闪的牙齿。金堂不由得骂起自己来，你个狗日的急啥呀你，你这一辈子剩下的工夫都不用再着急了，你就急眼前这两步呀？急得找死呀你？你现在连死都不是囫囵个儿的啦，你小子现在连死都只剩下半截子啦，你还急个屁呀你？这么笑着、骂着，金堂突然听见半空里传来一阵画眉子好听的叫声。金堂仰起脸来，把那张黢黑的“锅底”迎向晚霞满天的金光，迎向半空里稍纵即逝的鸟叫声。

其实一直到现在，金堂也没有彻底弄明白，自己到底是怎么就一下子变成眼下这个样子的。村里一伙人约好了出去打工，都说北京好找活儿干，离家又不太远。没有想到到了北京转了六七天也没找着个干的。金堂想，自己有手艺，不能再和那些憨憨们搅和了。于是，金堂就单独和大伙分了手。可分了手，金堂才知道，走在北京的人海里，比自己一个人走在荒山野岭里要孤单得多。金堂听人说郊区盖大楼的地方好找活儿，金堂就往郊区走。可北京的郊区也太大，转了两三天还是觉得在人海里漂。然后，就出事了。金堂现在只能用“出事了”这几个字大致地描述自己的遭遇。出事的时候，天已经黑下来，路灯都亮了，数也数不清的汽车打着晃眼的车灯窜来窜去，窜得让人心烦。金堂知道在大城市里走路要讲究交通规则，所以金堂规规矩矩地走在马路的右边，小心翼翼地操心着自己的担子，唯恐不小心碰了别人。好好的正走着，忽然听见背后一阵急刹车的响声，汽车的橡胶轮子在柏油马路上磨出来一阵尖厉刺耳的可怕响声，有担子压着不好回头，金堂想，这是哪个龟孙把车开得这么快呀？……这个念头一闪，自己就什么也不知道了，只觉得扁担忽然飞起来，肩膀上忽然没有了分量。

等到金堂醒过来的时候，头上缠着绷带，两条腿已经没有了。那个轧了金堂的腿后来又救了金堂的张老板说，他是冤枉死啦，他说金堂是被马路对面的一辆汽车给撞到自己车轮子底下的，可那辆闯了祸的车当时就逃跑了，这件事情已经在交警队备了案。张老板说，他已经为金堂住院掏了三四万块钱了。为了证明自己说的是真话，张老板还把自己车上坐的朋友找来做证。刚刚醒过来的金堂那时候还懵懵懂懂的，还没有真正明白自己到底出了什么事情。金堂拍着空荡荡的被子对医生说，你们咋不问问我，就把我的腿给锯了？医生说，膝盖以下双腿粉碎性骨折，我们只能给你截肢，不截肢就保不住命。医生说，我们不只给你截了肢，还给你开颅取出淤血。你已经整整昏迷了一个星期，以你现在这种状况，已经算是最好、最幸运的了。你以后的生活会很困难，截肢以后你还得做好长期的心理调整。金堂就哭了，金堂说，我现在成了残疾人有啥好的？有啥幸运？我宁愿死，也不愿意这样活……谁叫你们把我救活的？我把你的腿也锯了，你愿意不愿意呀你？你幸运不幸运呀你？……我活我死是我自己的事，凭啥用你们给的幸运呀？……

那时候金堂特别爱哭，连金堂自己也弄不明白，为什么自己为了一点儿针头线脑的小事都要流眼泪，好像一辈子的眼泪全都攒到一块儿了。可那时候爱哭的金堂还根本没有真正弄明白，从此永远站不起来对一个人到底意味着什么。后来，一直等到坐到那两块又粗又硬的砖头上，金堂才真正尝到了没有腿是什么滋味。

看见金堂哭，张老板也哭。张老板说，兄弟，我原来也是个木匠，我是从一个木匠熬成老板的，我这老板其实也不是啥了不起的老板，也没有几个钱，就是个包工头。保险公司说现在责任弄不清楚，不负责理赔。你放心，兄弟，不管保险公司管不管，不管找不找得着那个逃跑的小子，我都管你的医疗费，花多少钱我都管！你那些木匠家具和铺盖，我都给你留着呢……

金堂把盖着的被子掀起来，金堂说，我现在要木匠家具还有啥用处？我这后半辈子你们谁管呀你们？你们谁能给我保险呀你们？……

那时候，金堂截了肢的两条大腿还包着雪白的纱布，看上去怪怪的，就像两截白花花的棉花墩子。那时候金堂总会出现幻觉，总是觉得自己的两条腿还在，还是活生生的，会疼，会痒，下了床会走路。那时候，金堂常常在梦里挑着担子翻山越岭健步如飞，然后，又在梦里幸福得热泪横流失声痛哭。

有张老板的照应，金堂一连三四个月没有和家里联系。因为他一直没有想好怎么向家里人说这件事情，一直没有想好回家以后怎么办。还有一件事被金堂死死地闷在心里，他当时翻来覆去想得最多的就是：像这副样子，就当一个吃饭喝水的废物，就当一个别人的累赘，今后还有没有必要再活着了。一直等到医生说，可以回家继续疗养了。张老板毫不犹豫地把金堂接到自己的工地上。张老板拍着胸脯说，兄弟，放心，你跟着我，有我一口饭吃，就有你一口饭，有我一口水喝，就有你一口水！我那儿人手多，照顾起来方便得多。你要是想回家，我就派人送你回去。你要是想把老婆接来，就给家里写封信，我给你出路费。金堂二话不说跟上张老板去了他的工地。金堂想，反正死在哪儿都是死。

从汽车里被人抬出来的时候，金堂躺在担架上看见满街白花花的槐花，闻见槐花浓浓的香气，眼泪一下子又冒了出来。

张老板已经习惯了这样的场面，他拉起金堂的手拍拍，张老板说，兄弟，想开点儿兄弟。你这是心理还没调整好呢！你少了两条腿，可这花花世界，草照长，花照开，什么也没少。你就是死了，这花花世界还是什么也没少。兄弟，每天每天，这世界上得死多少人呀，你想过吗？多得你数也数不清！兄弟，你要是把这件事情想明白了，你就算是想开了你！

张老板这么说话的时候，金堂心里好像是被什么东西敲开一条缝，忽然亮了一下。接着，槐花和槐花的香气就都没有了。金堂被人抬进一个黑乎乎的大工棚，工棚里大白天也亮着灯，迎面卷过来一阵浓浓的汗臭味儿，长长的两排地铺上，乱七八糟地堆放着铺盖、衣服、手套、饭盒、脸盆和满是泥污的鞋。金堂想，我的腿要是没被锯了，我就应该挤在这些地铺上跟他们一块儿干活挣钱呢。在工棚的最里边，显眼地放着一张木床，床头下边放着一个便盆，便盆旁边是自己的木匠家具和铺盖卷。张老板没有说瞎话，张老板不光给自己特殊预备了这张床，他还真的保存着自己所有的东西。眼泪又涌上来，金堂不好意思叫人看见，赶紧把脸扭到一边去。

有张老板在，金堂的吃喝拉撒都有人管，每天张老板还叫人把金堂裹在床单里，背出去晒晒太阳。金堂还是觉得自己懵懵懂懂的，还是觉得自己没有想好到底什么时候死。

终于金堂从懵懵懂懂当中惊醒过来，是因为出了一件谁也没有想到的事，张老板自己出事了。那天张老板在工地上查看工程进度，不知怎么回事，突然从十几层高的楼上掉下一个固定脚手架用的铁螺栓来，正好落在张老板的头顶上，当场就把人砸死了。工头一死，工人们全都慌了神，全都在问这几个月的工资找谁领呀。乱了一两天之后，看看根本没有人管了，工棚里所有的人一哄而散，全都跟着别的工头走了，走得一个也不剩。因为没领上工资，有的人走的时候还赌气拆走了电灯电线，拆走了地上铺的木头板。没有了张老板的安排，立刻就没有任何一个人再来看一眼金堂。平常满满当当的工棚里，挤满了人，也挤满人的声音和气息。现在，突然一下子什么都没有了。就像一个忽然散了场的戏台和电影院。就像是遭了抢劫，四处空空荡荡的，没有人影，没有声音，也没有呛人的汗臭味儿。看着被洗劫一空遍地狼藉的工棚，金堂觉得自己好像又被什么东西狠狠地撞了一下，被撞到一个上不着天下不着地的深渊里，被撞到了一处没有人烟的千里大漠上。金堂不知所措地躺在眼前的绝境当中。一直等到一阵急迫的便意在肚子里绞起来，金堂才想到，从此再也不会有人来管自己吃饭喝水，再也不会有人来给自己递便盆了。没有了电灯，工棚里黑得像个地洞，只有远处被撩开一半的门帘漏进一小片阳光。金堂急出来满头的大汗，扭来扭去，终于从木床上滚到地下。可是，滚到地下还是不能拉，因为连那个便盆也不知是被人扔了还是被人拿走了。金堂一时没了主意，总不能坐在地上就直接把屎拉出来，总不能抹得自己满屁股屎尿吧。情急之中，金堂抓过身边垫地铺用的砖头，把两块砖分开两三寸摆好，然后，用手撑着地把身体挪到砖头上。刚刚坐到砖头上，憋不住的屎尿骤然而下，呛人的臭味儿从身体下边带着一股热气冲腾而上。几个月来在舒服的床单和棉褥上躺惯了，屁股和大腿上的皮肉被坚硬粗糙的砖头硌得疼得钻心。尽管身边一个人也没有，尽管没有任何人看见自己，可金堂还是被羞辱得无地自容，还是被羞辱得热泪横流。就是从那一刻起，坐在坚硬粗糙的砖头上，坐在自己的屎尿上，坐在锥心彻骨的疼痛上，金堂才真真切切看清楚了，也真真切切体会到了，一个没有双腿的人活着到底意味着什么；一个没有双腿的人要活下去，到底是一件多么艰难、屈辱的事情。

可是，这还仅仅是个开头。拉过大便之后，很快人就饿了。身边没有任何可吃的东西，金堂也不知道到哪儿去找吃的。从手术之后就一直光着下身的金堂，到这时候才想起来，如果想要出去找吃的，就得先给自己找一条遮羞的裤子。好在金堂自己的东西还没有人敢抢，金堂从行李卷里翻出一条裤子，把两条长出来的裤腿翻转上来用绳子系在大腿根上，又用捆行李的绳子当腰带把裤子系好。然后，金堂翻过身子，胸腹着地，像条虫子一样，朝着那一小片阳光钻过去，爬出了空无一人的工棚。终于，金堂凭着自己的努力看见了蓝天，看见了阳光，看见了远处的人群。金堂发现槐花已经开始落败，初夏的微风里，白花花的槐花大雪纷纷地飘落了满街满地。一切都恍如隔世，张老板说得不错，这个世界上每天每天不知道要死多少人，可是，草照长，花照开，这个世界上什么也没少……

最初碰见的行人都有几分惊讶地看着金堂，然后很快就各自走开了。金堂一点也不奇怪，金堂早就知道，在大城市的人海里走路，比在荒山野岭里走路要孤单得多。只是金堂不知道该向谁张嘴要吃的，金堂觉得从自己身边路过的人身上都不像是带着吃的东西……说到底，当初也是堂堂五尺高的汉子，金堂这一辈子还从来没有伸手向别人乞讨过，羞愧难容的金堂根本就张不开嘴。正午的太阳已经很有几分力量，金堂爬进槐树的阴影里，立刻，像白雪一样铺在地上的槐花吸引住了金堂的眼睛。饥饿难当的金堂抓起一把槐花塞进嘴里，贪婪地咀嚼起来。这一辈子金堂从来没有想到过，落了枝的槐花竟然是这么好吃，这么香甜，一股甜丝丝的汁液在嘴里喷溅、涌动，又在贪婪的咀嚼中顺着嘴角淌下来……金堂不顾一切，不管有没有尘土，也不管是不是夹杂了树叶，他一把又一把地把槐花塞进嘴里，一直到被呛得把满嘴的槐花喷出来……

那天傍晚，金堂爬回工棚，又爬到自己的木床上的时候，他装了满肚子的槐花，连打出来的饱嗝都是香香甜甜的槐花味儿。那天晚上，金堂没有哭。那天晚上，金堂下定了一个决心：要自己爬回家。为了实现这个决心，金堂决定，自己要做充分的准备之后再上路。最要紧的，是先要学会走路。不能再像虫子一样爬了，这样爬太费力气，也太慢，而且一天下来就把衣服磨破了。

从此，金堂就把这个被人废弃的工棚，当作自己开始新人生的训练基地。金堂开始了自己的“创世纪”。

当初医生为了病人考虑尽量多留下的大腿，现在反而成了一种负担，这两截提不起来的大腿成了金堂最大的累赘，只要身体向上一撑，两截大腿就会重重地垂下来。不过到底是木匠，金堂很快就想出办法来。他比画一下长短，把担行李工具用的那条扁担锯断，再把锯短的扁担绑在大腿上，然后再从这截扁担中间连一根绳子捆到腰上。为了经久耐磨，金堂又把绑扁担的绳子换成了铁丝。经过这一番改造之后，那两截没有根的大腿，就又和身子连成一体了，再走起路来果然轻巧了许多。看着自己的发明创造，金堂一阵苦笑，他没想到，这条跟着自己走遍四方的扁担，到头来竟然派了这样的用场，竟然变成了自己身体的一部分。金堂想，好，现在我有了一条腿啦，我已经能站住了。接下来，金堂用斧头剁下一块褥子当坐垫，可是棉褥子很快就磨破了。以后又在工地上找到装水泥用的化纤编织袋，这一次倒是又轻巧又耐用，可屁股受不了，很快又把屁股磨破了。一直到捡到了一个废轮胎，经过一番试用，改造，这个难题才算是最终解决了。金堂笑笑，金堂想，现在我有了皮鞋了。可是，用手走路，手也受不了，也被磨得皮开肉绽。一开始，金堂捡了工地上别人扔的旧手套，可手套也是一两天就破。终于有一天，金堂捡到两把泥瓦工抹沙灰墙用的木头抹子。金堂用自己的锯把抹子的前半截板子锯下来，抹墙用的抹子就变成一副很得手的“撑子”。这副经过改装的撑子，让金堂舒舒服服地用了半个月才磨坏。有了这个启发，金堂一直盼望着能捡到两把铁抹子，有一段时间，金堂甚至把这个愿望的实现看成是自己回家的奇迹，可是奇迹终究没有出现。金堂只好再想别的办法。直到有一天，金堂在建筑工地的沙堆旁边筛出来的石头里，看见了一堆圆圆的卵石，金堂觉得自己简直就是受了菩萨的点化和天恩。当金堂从那一堆大大小小的乱石当中挑出来两块合手的石头时，他又笑又叫，高兴得想唱歌。金堂想，好，这下我就有另外一条腿啦！就是不站起来，我也能走路啦，我也能走远路啦！金堂忽然想起来在工棚里被一个录音机唱了无数遍的老歌：

走四方，路迢迢，水长长，
迷迷茫茫，一村又一庄。
看夕阳，落下去，又回来，
地不老天不荒，岁月长又长……

其实，眼前没有夕阳，也没有村庄，只有遮天蔽日的大楼，川流不息的汽车，熙熙攘攘的人群。在这成千上万像蚂蚁一样的人里，没有任何一个人认识金堂，也没有任何一个人想知道，这个坐在地上手里拿着石头的半截人到底为什么高兴得唱起来。

在经过了差不多一个月的准备和练习之后，金堂觉得自己可以上路了。在一个夏天的早上，金堂毫不犹豫地扔掉了自己所有的木匠家具和铺盖卷，只把最需要的东西绑在自己身上，毫无留恋一撑一挪地“走”出了那个废弃的工棚，金堂在楼群的缝隙中看看太阳，然后，毅然转身向西，开始了自己回家的旅程。就像那首老歌里唱的：路迢迢，水长长，迷迷茫茫……

金堂只担心一件事，金堂不知道自己是不是能真的活着挪到家。按照金堂的计划，自己必须在夏秋两季之内到家。如果到了冬天，大雪封山，那就只有冻死在半路上了。

金堂挪出北京，沿着公路一路向南：高碑店，保定，望都，定州，石家庄。从石家庄又一路向西：井径，获鹿。从获鹿挪上太行山：娘子关，阳泉，寿阳，榆次。从榆次再向南：太谷，平遥，介休，霍州，洪洞，临汾。从临汾再向西，过汾河，挪上吕梁山。一上吕梁山，金堂就觉得自己快要挪到家了。刚一上吕梁山，就有个开嘣嘣车的好心人，拉上金堂爬了二十里的大坡。

一路上金堂被无数的人可怜过，同情过，嘲笑过，辱骂过。一路上金堂在公共汽车站的阳棚下边，在公共厕所，候车大厅，树底下，山洞里，甚至就在大马路边上，都住过，睡过。他在城市里被成群的乞丐们抢劫过三次，跟流浪的野狗抢过同一块馒头，在太行山上被一对善心的老人留在家住过两夜。他被一个好心的警察免费送上了火车，可只坐了两站，就又被面冷心狠的列车员轰下车来。一路上，风吹，日晒，雨淋，饥寒交迫，人情冷暖，都被金堂反反复复、一寸一寸地尝过，一寸一寸地挪过。在经过这一切，尝过这一切之后，金堂慢慢悟出一个道理：一个人活在世上，如果他只想得到一种东西，只要求得到一种东西，那这个人肯定是一个天天难受的人。

日复一日挪动在漫漫旅途上，挪动在长得永远没有头的公路边上，金堂只担心一件事，每当有汽车呼啸着从背后开过来的时候，金堂都有一点害怕，担心它们会不会再把自己碾到轮子底下。那样，自己就真的回不了家了。可每当汽车们卷着尘土呼啸而过之后，金堂就会笑话自己，你狗日的还是就想着一件事呀你。金堂无数次地在心里设想过，见了家里的亲人们自己到底应该说什么。总不能告诉他们，自己现在不是一个天天难受的人吧？可不是难受的人，自己这个半截人又是个什么样的人呢？……这个难题太难，金堂自己也答不上来。

在金堂的上衣兜里，有一支捡来的圆珠笔，和一个也是捡来的小电话簿，电话簿撕得只剩下两页纸，在这两页纸上金堂画了总共二十一个“五”字，每五天，画一个“五”，第二十一个“五”字还剩下两笔没有画完。

现在，金堂终于挪到那个缓坡的顶头，把那节长长的山路留在了自己的身后。有汗水顺着肮脏的鬓角流下来，被汗水浸透的身体开始散发出难闻的气息。

终于。

金堂终于拐过山嘴，终于坐在自己熟悉的路边上。金堂一眼就看见了五人坪村口的老神树。天已经快要黑了，山谷里没有风，老神树柔和的影子在最后的天光下静静地站立着。在老神树温柔的身子后面，飘荡着几缕熟悉的炊烟。有狗叫声远远地传过来。眼泪猛然像一阵暴雨喷涌而下。浓烈的汗酸味儿，没弄干净的屎尿味儿，浑身上下渍满了毛孔的污垢和尘土味儿，从褴褛的衣服和蓬头的长发里，呛人地弥漫出来。从夏天到秋天，被自己盼望了一百多个日日夜夜的事情，现在却如此安静，如此无声无息地突现在眼前，金堂扔下手里支撑身体用的两块卵石，号啕大哭：

"死吧……死吧……现在就死！现在死了，你狗日的心里就平展啦……死吧！死吧！死吧！你狗日的倒是死呀你——！"

满是死茧的手掌重重地拍起了路面上的灰尘，尖利的石子扎在手上，可他一点也没有感觉到疼痛。随着哭喊声俯仰的身体，手掌越来越重地在山路上拍打出闷重的响声，终于，有鲜血从掌心里迸溅出来。可是，鲜血、汗水和疼痛，都止不住金堂快乐、悲伤、幸福、绝望的号啕。这一辈子，金堂还从来没有这么痛快地号啕过。随着俯仰的身体，那截绑在大腿下面的扁担，也在路面的石头上碰出咕噜咕噜的响声。

……

二〇〇五年一月二十日傍晚草毕

二十二日清晨改定于太原家中

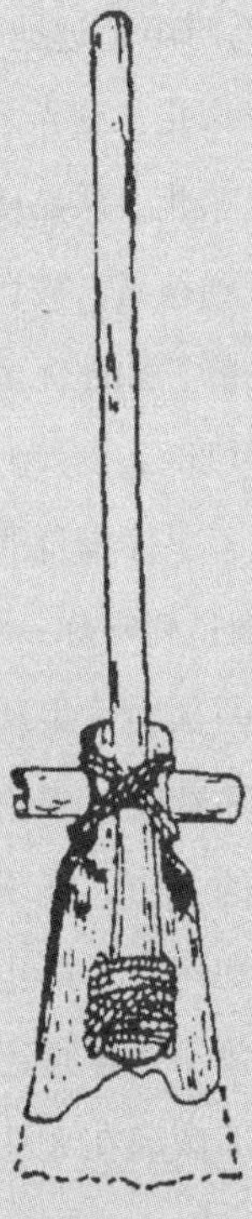

骨耜

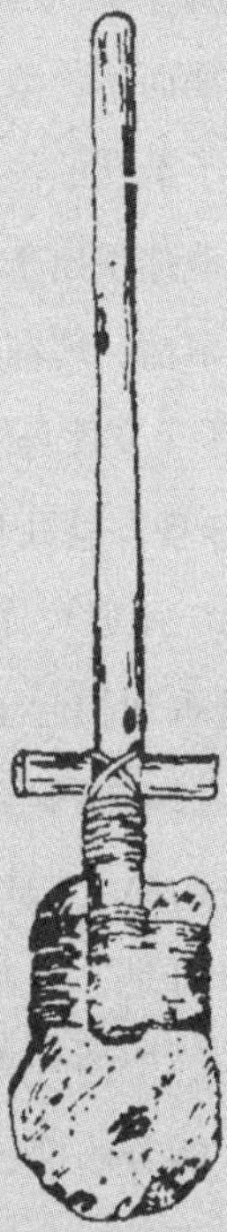

石耜

臿

铁锹

盖古谓“臿”(chā，音插)，今谓“锹”，一器二名，宜通用。《淮南子》曰：禹之时，天下大水，禹执畚臿以为民先。《前汉沟洫志白渠歌》曰：“举臿为云，决渠为雨”，以此见水利之事皆本于臿也。

诗云：有臿公耶私？与畚日为伍。
荷去应官徭，归来事田圃。
起土作堤防，决渠沛霖雨。
但恐农隙时，又趁挑河鼓。

——图、文引自《王祯农书·农器图谱集之三》

臿，也就是从耒耜转变而来的工具，所以有的古书中就称它为耜。它主要用于水利土方工程。……近年在长沙马王堆汉墓中发掘到一件木柄铁刃臿，木柄下端连接的木板上，套有凹字形的铁刃口。这支臿，大概是当年开挖墓穴用的。农田中开排水沟也用到它，又可用来深耕，所以臿也是重要农具。……古书中说的铁枕（xiān，音先），也是和臿同一类的工具。现在挖土、起土常用的铁锹，其实就是古书中说的铁枕，也就是臿，不过我们现在不叫它臿或枕罢了。

——图、文引自《中国古代农机具·第六讲》

三轮农用车在爬坡，路不平，坡很陡，发动机嘣嘣嘣地喷着黑烟，在黄土路上拼命地挣扎。两把铁锹随着剧烈的颠簸在铁皮车厢里失了魂一样疯跳，敲得车厢踢里哐啷乱响。小民脸朝后坐在车厢里，小民觉得屁股很疼，耳朵也很疼，他死死地抓紧了车帮，被淹没在发动机剧烈、野蛮、疯狂的响声里。巨大的响声有点像是一道无形的屏障，把原来熟悉的世界从眼前陌生地隔离开来，听不见河水声，听不见鸟叫，听不见风里的树叶声，只觉得五月的太阳热辣辣地烫脸，只看见一切从身后闪出来，快速地退向山谷，退向远处。青天白日。蓝莹莹的天底下，漫天漫地的黄土，山坡上一条曲曲折折白晃晃的土路，右边是修路劈出来的土崖，左边是陡坡，上百尺的黄土下面是石头，几十丈的石崖下边就是河。是黄河。

深得叫人头晕的一道峡谷，一眼看不到头的千百里的黄土，黄土里，躺着一眼看不到头的亮闪闪的河。小民不愿意看河。因为那条河现在也是假惺惺的，一点也不黄。黄河两岸的人世世代代都是看着黄河长大的。黄河两岸的人只叫它河，不叫黄河。因为人们一张嘴说河，就是说的黄河。就好像自己一家人说话，用不着全名全姓地叫出来。只有另外的河，才在河前面加上名字，汾河，湫河，苍头河，乱流河。可是，自从上游修了万家寨水坝以后，除了下雨发洪水河里还是黄的，其他时间黄河经常就不黄了。清清亮亮的一河绿水，从河湾里迎面拐过来，你就觉着，它压根儿就是条假河。假得就像农用车驾驶座位上的那个人的那身打扮：头上扎着白羊肚手巾，身上穿一件对襟扣袢白布坎肩，腰里别着从来不点烟的旱烟袋，烟荷包上挂着也是当摆设用的一片火镰，脚上蹬一双唱戏才穿的高帮布鞋。这个假人不是别人，是小民的爸。只要一看见爸爸打扮成这个样，小民就烦。小民就说他是耍猴呢。小民爸知道儿子不高兴，可他不生气，他会从衣兜里掏出烟卷来叼在嘴上，然后开导儿子，小民，你当我不知道这是耍猴呀？你当我不知道现在没屌人再穿戴这套营生啦？耍猴就咋啦？能挣钱就行！不耍猴谁往你兜里塞票票？不耍猴你有啥好办法给咱挣来钱？运河沙能挣钱，唱曲子也能挣钱。小子，我说给你个天底下最大的道理：钱和人不一样，人分三六九等，钱可不分等，天底下的钱都是一样的，城里的钱，乡下的钱，男人的钱，女人的钱，中国的钱，外国的钱，都是钱。你狗日的人人不大，脸皮子倒不小？咋？劳动人民凭劳动挣钱，凭唱曲子挣钱，有啥丢人的？一说话，小民爸嘴角上的烟卷就来回上下地拨浪。小民不想听，也不想看那根来回拨浪的烟卷，每到这时候，小民就别过脸去，看天，看地，看狗吃屎，看鸡打架，看小鸟上树，看蚂蚁搬家，就是不想看他爸。现在，小民故意和父亲背靠背地坐着，把眼睛赌气地盯着身边一闪而过的土崖。

蓝天，黄土，高崖，大河。

远远看过去，河岸边半山顶上的农用车飘飘荡荡，好像一只断了线的风筝。没有人知道，风筝上边坐着一对闹别扭的父子。

爬上山顶，穿过一大片刚刚吐叶的枣树林。北遆村豁然出现在眼前。小民的太姥姥家就在北遆村，如果不是为了唱曲子的事情，平心而论，小民自己也很喜欢这个村子，因为每次看见北遆村就让他想起太姥姥满脸深深的皱纹，想起太姥姥让人猜不透的年龄。

干爽的黄土山梁上，凹陷下一条也是干干爽爽的黄土沟，沿沟两侧密密麻麻错落着整整一沟的窑洞和院落。窑洞都用本地开采的红褐色的石头砌了前脸，又都用砖瓦和木柱搭了廊檐和台基，都是典型的本地风格，所谓伞檐，明柱，高圪台。讲究一点儿的人家还有带瓦顶兽脊门楼的院门，门檐上有精巧的砖雕，刻的都是麒麟送子、福寿双全之类的吉祥图案。因为年代久远，廊檐和门楼的瓦顶都变成浓重的黑色，砖雕图案都风蚀剥落得斑驳漫漶。曲曲折折的道路在街巷里忽上忽下，时窄时宽，交叉分岔，编成一张疏密错杂的网，路面上也都铺了那种红褐色的石头。走到近处你才会看见，这些红石铺就的道路也早已磨得凹凸不平残破不全。于是，这张残破凹凸的密网借着依稀的记忆，把那些错落的窑洞、院子、瓦顶、台阶，相互连接起来。村庙和戏台被放在全村最突出也最险要的一块台地上，借着黄土沟两侧的回声和共鸣，戏台上的锣鼓和唱腔可以传遍全村每一个角落。远处，在沟底的井台边有一棵高大的古槐，像一块时间的路碑，在窑洞和院落的边界上，静静地举着满树温柔千年的绿荫。整个村子阒然无声，荒凉和苍老从凝重的安静中无声地弥漫出来。如果不是因为有炊烟一缕一缕地升起来，如果不是偶尔传出来的狗叫声，你肯定会错以为是看见了一片什么人特意做出来的建筑模型，被遗忘在黄土世界的大荒之中。

看着村子，小民想，都说太姥姥一百多岁了，也不知道太姥姥到底有多老了？然后又想，现在年轻人都走光了，北沲村就剩下些老人和孩子，就剩下这些空院子，也不知道北沲村到底有多老了？

父子两人把农用车停在枣树林前面。小民爸知道儿子不会跟自己进村的，可还是问了一句：

“去你太姥姥家喝口水吧？”

小民不看他，也不回答，转身走到树荫底下。

小民爸不生气，自己和自己笑笑，走到车厢跟前拿起一把铁锹。

小民扭过头来质问："你是唱曲子又不铲沙子，拿铁锹干啥？"

小民爸又笑笑："不干啥，上一回人家陈镇长说啦，咱们北迤村现在是民俗村，来这儿旅游的，来这儿采风的人们都是城里来的。陈镇长说啦，人家城里人来乡下就是想看个原汁原味儿，说是拿上个干活儿的家伙唱曲子，更好看。你太姥姥剪的纸花花，我唱的曲子，陈镇长说这都是旅游产业，现在才刚开头，得好好做。万事开头难，别看现在来的人还不多，等咱们河口镇、北迤村上了电视、上了报纸，天下闻名了，全中国、全世界的人就都跑到咱这来花钱了！"

"听他鬼吹！他说好看，他咋不自己拿上铁锹来唱来！想出名，他咋不自己来耍猴来！爸，你能不能不在我太姥姥家唱曲子？"

小民爸不想和儿子争，把铁锹扛到肩膀上，边走边说：

"小民，这事情不能听你的，得听陈镇长的。你给咱等等，我给人家城里来的有钱人唱上几个曲子咱就走，就下河拉沙去。咱们是唱曲子拉沙子两不误！"

小民索性不再说话，坐在树荫里看着父亲走下干爽的土沟，走到那些古旧的窑洞和空荡荡的院子里去。小民又想，也不知道太姥姥到底有多老了，也不知道北迤村到底有多老了。

被河沙磨光的铁锹，亮得像一面镜子，在父亲身后一步一闪，有点晃眼。

忽然，有歌声传过来：

山西个临县河口镇，三十里翻山北迤村，
北迤村出了个好女人，她的个名字叫爱珍，
生得怪惹亲。
红袄绿裤她辫子长，鞋上绣的花绫绫，
见面说话她眼先笑，唤上十声声九不应，
等得人乱了心。
十八里嫁到河口镇，男人名叫王佑坤，
两个人成家好光景，生下个儿子叫小民，
实在爱死个人。
二十里得下头疼病，打针吃药不消停，
家里就没钱难看病，借了东邻你借西邻，
没脸开家门。
爱珍她撒手归阴程，丢下佑坤和小民，
白天回家就烧冷灶，黑夜里点灯照两人，
可怜是男人……

眼泪突然从小民的脸上淌下来，小民听出来，这是爸唱给自己一个人听的曲子，爸唱的是自己家里的事情，爸不想看见自己坐在枣树底下生气，爸唱曲子是为了给自己开心。小民爸是远近闻名的伞头，每年正月十五闹红火，小民爸都被推举出来做河口镇秧歌队的伞头，领着秧歌队走街串巷，把看到的人和事随口唱出来，赢来震天的喝彩声。从小到大，小民不知听父亲即兴演唱了多少别人的故事和经历，却从来没有听过他唱自己的经历。在自己那个从小就没有女人的家里，小民已经不记得母亲的样子了，这是小民第一次从父亲的嘴里听到他对母亲的夸赞，原来自己已经记不清模样的母亲，“红袄绿裤她辫子长”“生得怪惹亲”……在这之前，在父亲那些“原汁原味儿”的曲子里，小民曾经听到过无数对于女人的赞美和描述，可那都和他无关痛痒，他从来没有像现在这样一下子被迷住，被击中。好像一件锋利的东西猛然刺穿了身体，有血一滴一滴淌下来，落在记忆的水面上，晕染出一片一片纷乱的暗红。在父亲唱的曲子里，小民历历在目地回到自己已经遗忘了的生活当中。

小民顾不得擦眼泪，小民转过脸去有点惊讶地看着父亲的背影，白羊肚手巾，白布坎肩，脚上蹬一双唱戏才穿的高帮布鞋，太阳底下，被河沙磨亮的铁锹像镜子一样，一闪一闪。这一切原本都是为了给城里人看稀奇准备的，这一切原本都是为了挣钱才装扮出来的，这一切一直都被小民自己看成是在耍猴儿。

小民觉得自己平生第一次真正听懂了父亲的曲子。小民拼尽了力气回想，他忽然觉得自己二十年的记忆变得依稀古远，斑驳漫漶，就像是眼前的北遍村，就像是太姥姥脸上深深的皱纹……小民在自己的记忆里挣扎着，觉得好像是看到过一件好看的红衣服，可是他无论如何也想不起来，穿了红衣服的母亲到底是一张什么样的面孔……枣树林斑驳的影子落在厚重的黄土上，落在小民猛然而起的回忆里。

小民抹了一把眼泪。小民想，我肯定是看过那件红衣服。

二〇〇五年六月四日写

十日改定于草莽屋

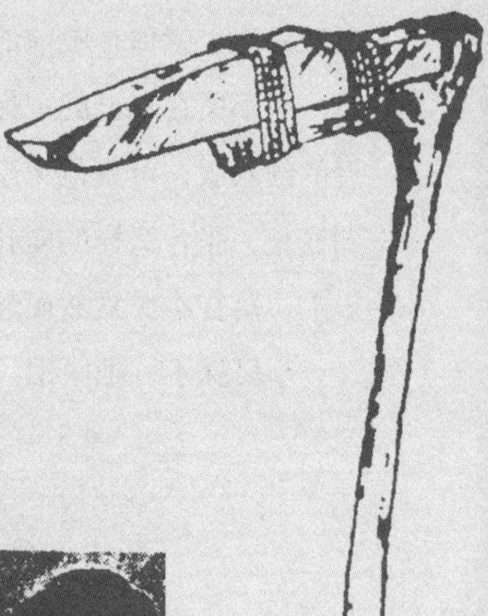

石䦆

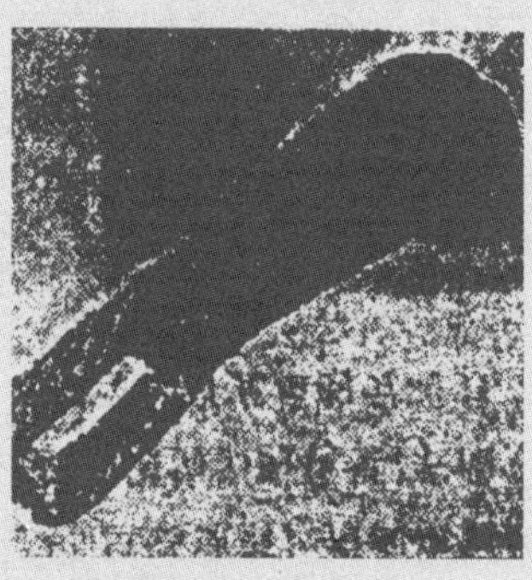

铁䦆

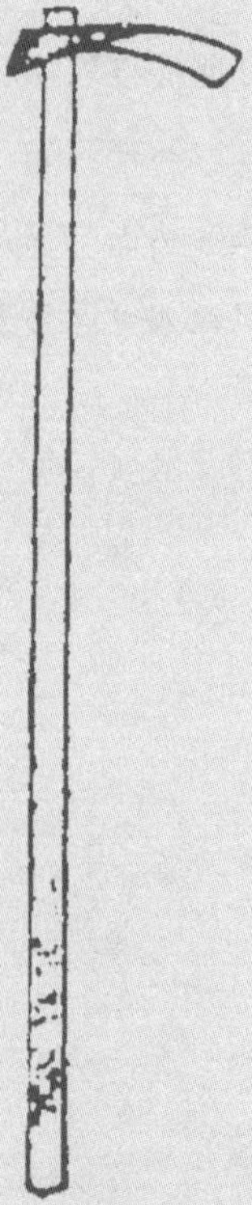

镢

镢

镢［居缚切］，斸（zhú，音竹）田器也。《尔雅》谓之：“‘鐯’（zhuō，音桌），斫也，又云‘鲁斫’。”《说文》云：“欘［陟玉切］也。”《玉篇》云：“欘亦作‘斸’，又作‘钃’（zhú，音竹），诛也，主以诛除物根株也。”盖镢，斸器也，农家开辟地土，用以斸荒。凡田园山野之间用之者，又有阔狭大小之分，然总名曰“镢”。

诗云：鋈柄为身首半圭，非锋非刃截然齐。
凌晨几用和烟斸，逼暮同归带月携。
已斫灵苗挑药笼，每通流水入蔬畦。
更看功在盘根地，办与春农趁雨犁。

——图、文引自《王祯农书·农器图谱集之三》

“镢”（jué，音决）也写成“镢”，有的地方称它为镐。考古工作者曾发掘到不少四千多年的石锛（bēn，音奔），镢就是从石锛演变而来的。近年考古，出土不少战国和秦汉时的铁镢，说明它是当时使用得很普遍的一种工具。铁镢厚重坚实，很适于刨地翻土之用。河北易县出土战国时代的长方形镢，銎在顶部；河南巩县西汉遗址中出土的一具方銎宽刃镢，銎在器身上部，形制不同，后者和近代农村中用的镢已很相似。

——图、文引自《中国古代农机具·第六讲》

十五的月亮又大又圆，从旱塬的背后慢慢升起来，安安静静的，很近，也很从容，好像你一推开门它就能走到院子来。在塬畔上开荒的歪歪正好落在又大又圆银亮清冷的月亮里。从沟底的院子朝上看，月亮里的歪歪像一个黑黑的皮影，像一个神话，细胳膊细腿，举着长长的镢把，一起一伏，一起一伏，一镢，一镢，一镢，一镢……于是，古老蛮荒的月亮就被一个勤劳的农民忘情地开垦出来。春种，夏锄，秋收，冬藏。他的辛苦和汗水，到头来总会得到丰收的安慰。

可是，五人坪的乡亲们都知道，月亮里的歪歪什么也得不到，因为压根儿就没有种庄稼、收庄稼这回事。歪歪开荒不是为种地，歪歪现在得了痴疯病，每个月的阴历十五歪歪都爬到塬畔上开荒去，数九寒天也要去。歪歪一年四季都在塬畔上开荒，只开荒，不种地。其实，连开荒也算不上，就是翻地。谁也数不清楚，歪歪一年四季到底要把塬畔上自己那一窄条黄土地，用镢头来回翻过多少遍。有时候翻得累了，歪歪会突然停下镢头，出人意料地唱几句：

正当梨花开遍了天涯，
河上飘着柔曼的轻纱，
喀秋莎站在峻峭的岸上，
歌声好像明媚的春光。
……

歪歪唱得荒腔走板，把苏联歌曲唱得像是本地的小曲儿土调，歌词被他任意篡改："开遍了天涯"唱成"硌遍了甜牙"，"柔曼的轻纱"唱成"肉馒头轻啥"，"喀秋莎"唱成"干屎啥"，等等等等。但是荒腔走板和驴唇不对马嘴的篡改，并不影响歪歪的感情，歪歪孤单地站在月亮里，唱得很投入，很抒情。歪歪投入、抒情的独唱，在遍地银白的月光里传得很远很远。

歪歪不识字，歪歪反复告诉人们说，他唱的是洋歌儿，是外国人的歌，是他当年用五人坪的土调调跟知青们换来的，是跟自己的媳妇学会的。歪歪还会唱那首《花儿为什么这样红》，但是这首歌一般不大容易唱完，因为唱不了两句就要

"啊……"，歪歪一"啊……"年轻人就捂耳朵，就嚷，歪歪叔，歪歪叔，快不用学驴叫啦你！遇到这种时候，痴疯了的歪歪不生气，很宽厚地笑笑，停下自己的歌唱。然后，拖着长腔，很豪迈，很大声地用拗口的北京话朗诵两句毛主席的诗：

红军不——怕——远征难，
万水千——山——只等闲！

然后，再朗诵一副对联：

扎根农村一生务农
脱胎换骨永远革命

朗诵完了，歪歪把两只手伸出来，在半空里比画——这边贴一条，那边贴一条，两条大红纸；窑门上也是两条，这边贴一条，那边贴一条，也是两条大红纸……日他先人，睡尿了一晚上，也没睡成媳妇……第二天一大早就叫扛镢头下地，结革命婚，开革命荒……然后，歪歪把两只手从半空里放下来，放在自己的胸前，一上一下地再比画：女子这么高，娃娃这么高，一个八岁，一个六岁……万水千——山——只等闲……把家一拆，全都去北京找毛主席去啦！把婚一离，就把我龟孙一个人丢尿在这儿啦！……爱革不革……反正一个娃娃一百块，两个娃娃两百块，剩下龟孙一个人也还是不——怕——远征难！

这一大堆没头没尾的话，五人坪的男女老少不知听过多少遍了。歪歪可以在任何时候，任何地点，毫无来由地把手举起来，把上面这几句话重复说给人听。如果没有人，歪歪就说给狗，说给牛，说给树，说给石头和窑洞，或者干脆就说给西北风。歪歪认为西北风是往东刮的，早晚有一天能把自己的话刮到北京去。歪歪用这一堆没头没尾的话翻来覆去地总结自己的一生，歪歪一直沉浸在三十多年前他自己那场奇特无比无法想象的婚礼当中。那是一场过分巨大、过分意外的幸福，就像所有的神话故事那样。在一个阴历十五的晚上，当银盆大月亮从旱塬背后悄悄升起来的时候，幸福从天而降，猛然打破了歪歪凡俗冗长的生活，把一切都变得神奇起来。把歪歪的身世变得很像是一台戏文。谁也没想到，大字不识一个的放羊娃，穷得叮当响的光棍汉，能把北京来的女学生娶到自己的土窑洞里来。唱了毛主席语录歌，吃了羊汤压饸饹的乡亲们，在清冷银白的月光下，眼睁睁看着一对新人走进歪歪的土窑洞，月光照亮了歪歪窑洞门框上大红的对联：扎根农村一生务农，脱胎换骨永远革命。这是五人坪开天辟地以来没有过的大事情。这件事情大到超出了五人坪的想象力，大到让人难以回忆和描述。

如今，五人坪还是原来的五人坪，歪歪还是原来的歪歪。

从神奇里走出来的歪歪，整日价在五人坪熟悉的街巷里来回游荡。

到处游荡的歪歪爱说他那些没头没尾的话，还爱说他的梦。歪歪会向身边任何一个人提起他的梦。梦里的媳妇，梦里的孩子，梦里和知青们唱歌，梦里的种种细节和快乐，甚至是梦里的床笫之欢，他都会一五一十讲给你听。讲完了，歪歪会被自己的讲述感动得笑起来，笑得很开心，也很感染人，然后真心实意地邀请你：

“不信你今天跟我回家睡，保险能叫你梦见娃娃们，保险能叫你梦见我老婆！梦见北京！……你不信？你狗日的真不想跟我回北京看看我老婆？”

被邀请的人都知道，这种时候千万不可以接歪歪的话头，不能说去，也不能说不去。大都是从衣兜里掏出烟卷来递过去：

“歪歪，来，抽根烟吧，抽根烟，解心宽。”

于是，喷吐出来的烟雾缭乱地挡住了歪歪满脸的诚恳和回忆。

一年四季，时光流转，高粱照旧要红，谷子照旧要黄，孩子照旧要生，人照旧要老，黄土地上没有填不平的记忆。如今土地分到每家每户，人们都忙碌着自己的日子，不经意间，五人坪把痴疯了的歪歪一个人留在时光的岸边上游荡。饭后茶余，借着烧成灰烬的烟头，人们偶尔会在笑谈中用一声长叹，打量一下岸边上固执的歪歪。

有时候，五人坪好奇的年轻人会留住歪歪，和他订对一下梦里的细节：

“歪歪叔，为啥你第一宿没有睡成你媳妇？”

歪歪笑笑：“不为啥，人家是城里来的学生，人家讲卫生。”

“歪歪叔，去了北京你为啥还跑回来？”

歪歪很肯定地证实：“是谷子玉茭你就得种在五人坪，种到北京你狗日的就活不成！”

“歪歪叔，为啥每个月都有人给你从北京寄来二百块钱？”

歪歪狡黠地掰起手指头：“一个娃娃一百块，两个娃娃就是两百块么。要不咱们换换，把二百块给你，你们谁把媳妇给我！”

“歪歪叔，你媳妇真的比豆腐还白？”

歪歪很得意：“白——！比豆腐白多啦！你们这辈子就没见过恁白的腿！不信，今晚上你跟我回家睡，保险能叫你梦见！”

“那你为啥还要离婚？”

“谷子玉茭种到北京你狗日的就活不成！你不信，你今晚上跟我回去睡，保险你狗日的到了北京就知道活不成！”

“歪歪叔，我们不去，我们不会唱你的那些外国歌儿。”

由衷的自豪在歪歪脸上动人地荡漾开来：“嘿嘿……不会吧。那都是我用咱们五人坪的土调调跟他们换来的！”

这样的对话让歪歪很开心。看见眼前的年轻人，歪歪就会想起当年也是很年轻的自己。歪歪现在经常在梦里回到三十多年前，回到从前的快乐当中。只要一做梦，歪歪常常就会真真切切地看见自己的幸福。那时候刚结婚还没有孩子，那时候自己每天每天都是高高兴兴的。那时候自己放羊回来经常和知青们一起扎堆儿唱歌。知青们唱的大都是外国歌，唱得高兴了，就叫自己唱五人坪的土调调。于是，放羊娃歪歪就吊起嗓门，亢奋、高兴地唱起来：

大红公鸡你就红尾巴，
巧嘴嘴会说那好听话，
大红公鸡你就卧窗台，
想亲亲想的你起不来，
公鸡呀么上架狗进窝，
想亲亲想得你睡不着。
……

在震耳欲聋的欢呼声中，知青们叫嚷，跺脚，鼓掌，歪歪，歪歪，再唱一个！再唱一个！歪歪就憋足了力气，再唱：

叫一声亲亲就你过来，
哥哥我给你就解裤带，
花绸绸裤子就往下拉，

白腿腿夹一朵倒吊莲花

……

在歪歪酣畅的梦境中，快乐的歌声借着年轻的血气，在五人坪四处回荡。歪歪已经记不清楚，当年自己用五人坪的土调调换来了多少洋歌儿，换来了多少“喀秋莎”和“花儿为什么这样红”……

在这个世界上，没有人能真正明白歪歪心里想的是什么，也从来没有人能真正看见歪歪在梦里经历了什么。也许，歪歪并没有疯，歪歪只是不想从自己的梦里醒过来。

二〇〇五年六月三十日写

七月三日傍晚改定于草莽屋

汉画像石上的牛耕图

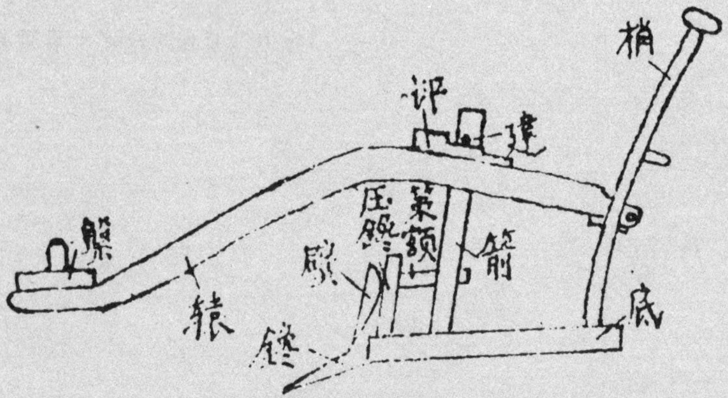

江东犁

犁铧

铧［胡瓜切］。《集韵》云："耕具也。"《释名》："铧，锸类，起土也。"《说文》："铧作'茉'，两刃锸也，从'木'，象形。宋魏作'茉'［互瓜切］。"《集韵》："'茉'作'铧'，或曰'削'，能有所穿也。又铧，刳（kū，音枯，剖开，挖空）地为坎也。……铧与镵（chán，音禅）颇异。镵狭而厚，惟可正用；铧阔而薄，翻覆可使。老农云，开垦生地宜用镵，翻转熟地宜用铧；盖镵开生地著力易，铧耕熟地见功多。然北方多用铧，南方皆用镵，虽各习尚不同，若取其便，则生熟异器，当以老农之言为法，庶南北互用，镵铧不偏废也。

诗云：惟犁之有金，犹弧之有矢。
弧以矢为机，犁以金为齿。
起土锸刃同，截荒剑锋比。

缅怀神农学，利端从此始。

——引自《王祯农书·农器图谱集之三》

犁镵，又名犁铧。镵和铧是同一个部件，但二者形状、性能不同。镵尖锐，适用于南方水田；铧较平圆，适于北方旱地。镵或铧最初用木、石制成，后都用铁制，呈二等边三角形，两边较薄成刃，利于切土。一般说，汉魏时代的犁铧比较宽厚；唐代的趋于窄小而锋利。窄小锋利的犁铧，耕地时阻力小，可以耕得较深。

——图、文引自《中国古代农机具·第五讲》

宝生抬起头来，用手背抹了一把汗水。

正午的太阳从头顶上直射下来，火辣辣的，隔着衣服也还是能感到那股烫人的力量。没有风，只有热气从地面上冒起来。刚刚被剪过的草坪又紧又密，露着一层崭新的茬子，鼻子里满是热烘烘的草腥气。无遮无拦的草坪上，只有草帽底下这小小的一块阴凉。火辣辣的太阳把人们逼得尽量缩在草帽下面的阴凉里。

宝生又抹了一把汗水。宝生想，现在该听见了。

因为是蹲在草地上，视线很低，只能贴着山坡朝上看，上面是镶着蓝天的坡顶，蓝绿相接的坡顶上冒出来那两棵好看的松树，像两座苍翠的宝塔，肩并肩地站在蓝天里。可是现在还太远，只能看见松树的上半截，只露出来两个宝塔尖，得再等一会儿，等到拔到坡顶上的时候，就能看见整个的树身了，就能看见驾着牛扶着犁铧的满金爷和柳叶儿了。满金爷和柳叶儿正在那两棵松树底下耕地撒种呢。满金爷和柳叶儿每天都站在那两棵松树底下驾着牛扶着犁铧耕地撒种。这两棵像宝塔一样的松树是第八洞的标志树。满金爷和他手里扶着的犁铧是桃花潭高尔夫球乡村俱乐部的标志。

草坪上拔草的人们都蹲在地上，一字排开，每人头上戴了一顶草帽，一只手上拉着一条编织袋，眼睛紧盯着草坪，另一只手时不时地伸下去，拔出一根杂草，塞进手边的袋子里。远远看过去，火辣辣的烈日下边，坦荡舒缓的草坪上，面朝草地背朝天的人们，好像一排在地毯上蠕动的蜗牛。正是吃午饭的时间，四周围没有球童，也没有打球的客人，只有那一大块漂亮极了的草坪，只有这一排顶着烈日的蜗牛。他们的任务是拔杂草，是要把掺杂在高尔夫球场草坪里的狗尾草，水稗子，野蒿子，喇叭花，苦苦菜，蒲公英，全都拔出来，只留下草地早熟禾还有黑麦草。这件事情和种庄稼有点像。庄稼地里只能留下你种的庄稼，别的草都得拔。山坡上的这些草坪也是种出来的。百分之八十的草地早熟禾种子，再加百分之二十的黑麦草种子，混合在一起，每平米撒七克。在挖开的山坡地上砍树，起土，先挖走铲光原来的草皮和表面土，然后挖沟敷设给排水管道。然后铺沙子，铺掺了有机肥料和草炭的沸石土，沸石土层要高于地面八十到两百厘米，形成柔和的缓坡。然后，喷水，播种。然后，再喷水。照这样最少伺候四十天，才能长成标准的高尔夫球场草坪。在草坪生长期内，要撒化肥，还要喷洒杀虫剂，杀菌剂，除草剂，催生剂。再然后，一遍又一遍地喷水，一遍又一遍地用剪草机修剪，让草们分蘖，生根，长壮。即便是喷了除草剂，也还是不能完全除掉各种杂草，时间一长，还是会有杂草顽强地长出来，所以还是要除草，到这时候，所有的工具、机器都派不上用场，只能依靠人力，依靠最原始的办法，用手拔，只能蹲在地上拨开又紧又密的草坪，像绣花一样仔仔细细地挑，一寸一尺地挪。这种苦活干不了两天，腿就会肿起来，疼得你上茅厕也蹲不下身。宝生觉得，干这个活儿，有点像在老家的地里间谷苗，也是蹲在地上，一步一挪，也是后背上驮着个大太阳。当然，北京不是五人坪，高尔夫俱乐部更不是农村，一张会员卡要交三十万块钱的会费。这个数目要是放在五人坪，你得在一亩地里种两千年的玉茭，十亩地里种两百年的玉茭，你得世世代代受苦受累才能挣回来三十万块钱。宝生现在当然明白，你不能拿北京跟农村比，不能拿白天跟黑夜比，不能拿天上和地下比，更不能拿梦里的事情和身边的事情比。草坪是每个高尔夫球场的门面，草坪质量的好坏直接关系到高尔夫球场的名声，这儿的人靠草坪吃饭，所以，在桃花潭不种庄稼，只种草。

宝生不怕蹲在地上拔草，也不觉得受苦。宝生不觉得苦不是因为他腿不疼，而是因为宝生知道，自己不会和身边的这些人一样永远蹲在地上拔草。宝生觉得自己特别幸运，因为爹妈把自己生在了五人坪，生在了当年陈总插队的地方。宝生现在太喜欢桃花潭了。不只是因为在这儿工作给发衣服，能挣钱，能吃好饭，也不只是因为桃花潭漂亮得就像电视里的广告片儿，最主要的是因为在这儿天天都能听见五人坪的声音，看见五人坪的人。宝生怎么也想不到自己竟然能在北京遇到五人坪，这简直就是一场梦，简直就是一部电视剧，电视剧里也不可能有比这更好的梦了。就像那首歌里唱的，我爱北京天安门，天安门上太阳升……现在，十八岁的宝生终于弄明白自己为什么爱北京了——因为北京有这个让他无法想象无比赞叹的桃花潭高尔夫球乡村俱乐部。陈总说了，半年以后就不用再拔草了，就让自己去当球童，再过一两年，就不再当球童了，就去学技术当电工。陈总是这儿的董事长兼总经理，陈总能决定这儿的一切，从每一块石头到每一个人，陈总想让谁到哪儿谁就得到哪儿去。想到这些，宝生就觉得自己简直是太幸运了，简直是没有办法不爱北京。因为天底下不是每个人都能生在五人坪，不是每个人都能在北京遇到插过队的陈总。

宝生竖起耳朵等。

果然，暴热的草坪上突然传过一阵清凉的泉水声，哗啦啦的泉水声里夹杂着鸡鸣和狗叫的声音，还有孩子们忽起忽落的尖叫声，和女人们隐隐约约的对话声……这些生机勃勃的声音，让人觉得猛然来到一个什么村子里。听到声音，宝生在草帽底下露出一丝会心的笑容来。宝生知道，这些声音是草坪外边藏在树丛背后的扬声器里发出来的。这些扬声器到处都有，树背后，路灯上，花盆下，山石里，台阶旁，都藏着扬声器，走着走着就会听到这些远远近近，从附近不知什么地方传过来的高保真立体声的音响——风声，水声，雨声，林涛声，鸡鸣，狗叫，羊群出坡，牛群回栏，老人们在街巷里搭话，女人们叫喊自己的孩子回家吃饭，孩子们游戏追打着尖叫……千姿百态，全都是五人坪的声音，全都是陈总用一套高级录音机专门从五人坪录回来的。第一次听见这些声音的时候，宝生叫起来，宝生扭头看看身边的陈总，宝生说：

“哎呀建国爷爷！我家黄毛儿咋也到这儿来啦？”

陈总开心地笑起来：“行呀，宝生，真机灵！就是你家黄毛儿叫呢！我就是想把五人坪都搬到这儿来！我就是想把五人坪留在我身边！”陈总又拍拍宝生的头：“宝生，记住，以后你就叫我陈总，不许再叫爷爷，咱们高尔夫俱乐部里没有爷爷这个职务。”

从那一刻起，宝生从陈总开心的眼神里，就看到了自己的幸运和希望。当年陈总在五人坪插队的时候，宝生根本还没有出生。宝生记得自己第一次看见陈总，是有一年的春天，正好是开耕下种的日子。那时候大伙都叫他建国爷爷，不叫他陈总。那些日子里，一伙娃娃们成天追在建国爷爷的屁股后头，盯着他手里的照相机乱喊，给我照个相吧！给我照个相吧！建国爷爷就笑，给你们照，给你们照，肯定给你们照，每人照一张，谁也少不了。他手里的照相机噼里啪啦的又闪又响，一伙娃娃们叽里哇啦的又跳又笑。后来，就看见照片了。每个人都有，也有满金爷的。满金爷扶着犁吆着牛在前面走，满金爷的孙女柳叶儿跟在后边，胳膊肘里挂着柳斗子，正在撒玉茭种子。娃娃们有笑的，有叫的，有嘴里咬着馍馍的，有手里掐着野花的。黄毛儿跑在自己腿前边，卷尾巴翘得高高的。人，牛，犁，树，街巷，房子，石墙，瓦顶，还有炊烟，还有一座连一座的大山，一片连一片的庄稼地……全都留在那些照片上了。又过了好多年，等到建国爷爷开着汽车再来到五人坪的时候。满金爷已经死了，柳叶儿已经出嫁生下孩子了。那时候，建国爷爷指着那张照片说过好多次，我耕地就是满金教会的。

有运气的人和没有运气的人是不一样的。有希望的人和没有希望的人看世界的眼光是不同的。自从来到桃花潭，宝生干活儿从来不叫苦，从来都是任劳任怨的。因为宝生知道，自己是在为自己的幸运和希望受苦，自己受的苦是很快就会得到报偿的，自己今年才十八岁，天底下不是每个十八岁的人都有机会为自己的希望受苦的。就像现在眼前的这群人，他们的运气和希望，就好比草帽底下的阴凉，只有那么可可怜怜的一小片。就是这一小片阴凉也压根就没有什么保障，说不定什么时候刮来一阵风，头顶上的草帽就没有了，人就得光着身子站在油锅一样的毒日头底下。没吃，没喝，没工作，没有人给你发工钱，没人知道，没人管，更没有人可怜你。一个能为自己的希望受苦的人，就是一个幸运的人，就是一个高兴的人，就是一个幸福的人，就是一个受苦受累心里也痛快的人。宝生有几分兴奋地打量着身边的蜗牛们，宝生很自信，宝生知道自己能听到的东西，身边这些人根本听不到，自己能想到的东西，身边的这些人根本想不到。宝生想，人和人真是不一样呀。

拔到坡顶的时候，每个人都被汗水湿透了衣裳。

现在终于可以看清楚了：那两棵松树肩并肩地站在一起，像两个亲兄弟，像两座苍翠的宝塔，矗立在草坪左边。两棵松树下边，和照片上一模一样，走出来扶着犁铧的满金爷。大黄牛脖子下面挂着牛铃，高高地举着犄角，绷紧了身子走在最前头。一脸皱纹的满金爷头上扎着白羊肚手巾，左手握紧扶手，把犁铧深深地插进草地里，右手高高地扬着鞭子。柳叶儿胳膊肘上挂着柳斗子，走在最后边，正低头往犁沟里撒种子。藏在铜雕里的扬声器又响起来了，水声，风声，鸡鸣，狗叫，悠长的牛哞和牛铃，阵阵林涛和悦耳的鸟鸣，孩子们嬉戏的笑声，还有满金爷赶牛的吆喝声，天然无序错杂缤纷地从松树的下面动人地传过来。这一套铜雕做得真好，做得和真人一模一样，牛索，犁铧，鞭子，柳斗，也都是按照原物大小铸出来的。他们正从松树下面平静安详地走出来，如果没有人打搅，他们会一直往前走，会在这片像地毯一样精致的草坪上翻起土地，开出一条深深的犁沟来。

每次看见他们，宝生心里都会涌起说不出的赞叹和感动。这赞叹和感动又会搅起一些让宝生更为赞叹和感动的幻觉，看见他们，听见身边那些生机勃勃的声音，宝生说不清楚到底是他们走进了自己的梦境，还是自己走进了他们的梦境。

八号果岭是桃花潭的最佳景观地。从这儿向前，你可以看见瀑布和曲折蜿蜒的桃花溪，从这儿向后，你可以看见无数的高楼大厦、立交桥和高速路，起伏重叠，充塞天地，那就是漫无边际的北京城。宝生顺着铜雕的走向，朝前看过去，耳边的声音，眼前的美景，让他暂时忘记了灼热的阳光。

远处，翠绿的橡树和枫树从山顶上蔓延下来，茂密的阔叶当中夹杂着落叶松高雅幽深的塔形树冠。高大的乔木下面是枝条蔓延到处丛生的灌木，灌木下面是浓密的草。乔木、灌木和杂草顺着山势蔓延而下，骤然停止在那块巨大的岩壁上。于是，就有一股清泉从草木的波涛中挣脱出来，飞身扑下悬崖，在半空里拉出一道八九尺宽、五六丈深的瀑布。灿烂的阳光下，雪白的瀑布砸碎了桃花潭的碧绿，在迸溅的水雾后面弄出一派连绵不断的哗哗的水声。如果遇到桃花盛开的季节，山谷下、河两岸，就像彩霞落地一般簇拥着粉红粉白的桃花，偶尔有花瓣飘落到河面上，星星点点的桃红，在流水的转弯处，河中的卧石前，宛转回旋，流连再三，那时候，清澈幽雅的桃花溪上就生出许多叫人怜惜的婀娜来。从桃花潭走出来，豁然敞开的山谷两侧是起伏舒缓的坡地，地毯一样的草坪在山坡上优美地铺展开来，曲折回转的河水在起伏的果岭草坪中间画出优美的曲线，河的两岸随处散落着金黄的沙坑和银亮的湖泊，好像精美绝伦的首饰镶嵌在果岭之间。远远看去，这条从云霞簇拥的山谷里流出来的桃花溪，简直就是从燕山里走出来的一个梦幻。

当然，这一切，这所有的美妙和幽雅必须要等你打到第八洞，必须沿着球道走上果岭制高点，站在这一组精美的铜雕的跟前，你才能突然看到燕山山脉伸向北京城的最后一段山体，突然看到这世外桃源一般的美景。而这，正是设计者和陈总想要得到的效果，他们希望在这个制高点上获得一种出人意料的感官震惊。正是凭着这个震惊，桃花潭高尔夫球场的第八洞，荣获了“全球最佳五百洞”“亚洲最佳二十四洞”的称号。

正当宝生沉浸在美景当中的时候，他忽然觉得有点异样。宝生定定神，再次朝前面仔细打量，他发现那条美丽的瀑布忽然消失了，再听，身边那些所有熟悉的声音也消失了。片刻的诧异之后，宝生很快明白过来——是停电了。宝生以前也遇到过这种情形，只要一停电，瀑布就消失，河水就断流，扬声器里那些千姿百态的声音就会立刻停下来。就像现在这样，一切都没了生气，整个世界都变得假惺惺的。

二〇〇五年十二月二十一日写

二〇〇六年一月六日改定于草莽屋

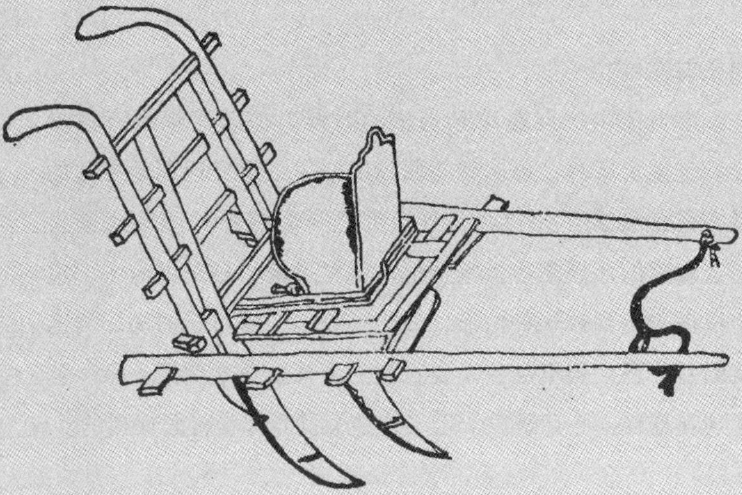

耧车

耧车复原模型

耧车

耧[落候切]车，下种器也。《通俗文》曰："覆种曰'耧'，一云'耧犁'，其金似镵而小。"《魏志略》曰："黄甫隆为敦煌太守，民不知耕，隆乃教民作耧犁，省力过半，得谷加五。"崔寔（shí，音石）论曰："汉武帝以赵过为搜粟都尉，教民耕殖。其法三犁共一牛，一人将之，下种挽耧皆取备焉，日种一顷（据齐地大亩，一顷为三十五亩也），今三辅犹赖其利。"自注云："按，三犁共一牛，若今三脚耧矣。"然而耧种之制不一，有独脚、两脚、三脚之异；今燕赵齐鲁之间，多有两脚耧，关以西有四脚耧，但添一牛，功又速也。

夫耧，中土皆用之，他方或未经见，恐难成造。其制两柄上弯，高可三尺，两足中虚，阔合一垄，横桄（guàng，音逛，横木）四匝，中置耧斗，其所盛种粒各下通足窍。仍旁挟两辕，可容一牛。用一人牵，旁一人执耧，且行且摇，种乃自下。

王荆公诗云：富家种论石，贫家种论斗。
贫富同一时，倾泻应心手。
行看万垄间，坐使千箱有。
利物博如此，何惭在牛后。

——图、文引自《王祯农书·农器图谱集之二》

耧车，据史书记载，西汉时赵过首先创制有三个耧腿的三脚耧。先在西汉首都长安附近推广，后传到全国各地。近年在山西平陆县发掘的汉墓壁画中就画着三脚耧播种的图像……

不用耧车而进行条播，就必须先在田中开沟，接着把种子一粒粒撒入沟内，然后覆土，要经过三道工序。用耧车播种则把这三道工序一次完成，大大提高了播种效率。……耧车是农机具史上一项重大发明。

——图、文引自《中国古代农机具·第七讲》

孙子牵着黄牛走在前头，爷爷扶着耧车跟在后头。一个七岁，一个七十岁。随着起伏的脚步，山谷里响起叮咚叮咚的牛铃声，舒缓、从容、悠远得好像一个神话的开头。

就像是知道人们要播种了，昨天下了整整一天的春雨。一夜醒来，田野山林忽然平添了许多亮眼的绿色。明艳的太阳把潮湿的山野晒出一层淡淡的雾气，一转眼，薄雾散尽，树丛里跳出耀眼的连翘花，黄灿灿的像火炬，在山坡上东一簇西一簇地燃烧着。布谷鸟的叫声远远地传过来，忽隐忽现，总让人想起哀怨的女人。老福田看着孙子稚嫩的后背，圆圆的脑袋，心里不由得一阵发软：

“牛牛，你累么？累了就歇歇吧。”

孙子牵了牛，只能侧回半个头。孙子脆生生地回答：“爷，走吧，我不累。”而后，又反问：“爷，你累么？”

老福田开心地笑起来：“呵呵，不累，不累，牛牛不累，爷爷更不累。”

翻耕过的土地吸足了雨水，又松又软。镶了铁犁铧的三条耧腿插进松软的黄土，随着老福田晃动的双手，三行谷种顺着空芯的耧腿，均匀密集地播撒到浅浅的犁沟里，随即，又被翻落下来的黄土轻轻覆盖。正是开耕下种的好日子，可是山谷的梯田里冷冷清清的，只有孤零零的这爷孙俩。蓝天黄土之间，两个人，一头牛，一架耧车，排成小小的一个队伍。一垄三行，一去一回。渐渐地，播种好的行垄宽阔起来。

爷爷还是心疼孙子。又问：“牛牛，咱歇歇吧？”

孙子还是不回头，还是脆生生地回答：“爷，再走走吧，爷。”

老福田说：“咱们不累，花摇摇可是累了，花摇摇肚子里还有个犊子呢。”

花摇摇是孙子手里牵的母牛。

孙子熟练地拉住牛绳，停下来：“那就让花摇摇歇歇吧。”

春天的气息被太阳晒得很舒服，很暖和。停止了耕作的母牛放松了身体，轻轻甩着尾巴，开始有滋有味儿地反刍，温顺的大眼睛一眨一眨。黄牛身后，爷孙俩在梯田边的石塄上坐下来，也放松了身体。布谷鸟的叫声又在山谷里响起来。

牛牛说：“爷，好听。”

老福田说：“是呢，怪好听。”

牛牛说：“爷，你说是谁告给它的，为啥它种谷的时候就叫呀？”

这个问题有点难，老福田想了想：“是老天爷告的，山上树绿了，连翘花开了，布谷子就知道自己该叫了。”

牛牛叹了口气，正儿八经地发起愁来：“也不知道去了南柳村还有没有布谷子叫了？”

老福田心里一动，孙子说的是拆迁并村的事情。县政府、乡政府已经开过多少次会了，这一带的山底下勘探发现了大煤矿，已经开始修桥、修路，还要修建采煤厂、洗煤厂、焦炭厂，一切都已经决定了，要把偏远、人少的小村子，合并到大村子里去，给煤矿腾地方。还要统一盖房，统一安自来水，统一安电灯、电话、卫星电视，说是要建设新农村。新房都已经盖好了，每家一幢院子。到了“新农村”每家每户另外分地，大多数年轻人还要安排到矿上去工作。为这件事，南柳村还扩建了新学校。拆迁的村子全部撂荒，除了煤矿要占的地以外，剩下的退耕还林。老林沟也一样，人一走，村子就荒了。不用几年，原来住人的房子、院子里就会长满了树，长满了野藤荒草。村里的人已经迁走了一半，剩下的明年也得迁，到明年，这个世界上就没有老林沟了。孙子的担心老福田回答不上来，老福田自己也不知道，开了煤矿的南柳村有没有布谷鸟。老福田只好把青筋暴突的老手伸出来，把自己的怜惜轻轻地放在孙子圆圆的小脑袋上。

牛牛忽然转了弯儿："爷，花摇摇为啥会驾耧啊？"

老福田捏下孙子衣服上的一片草叶："都是慢慢调教的。和你一样，你小时候不是也不会说话，不会干活儿，后来大人们慢慢教，就会了。"

牛牛又拐了个弯儿："爷，咱的耧是你做的么？"

"不是。"

"那是谁做的？"

"五人坪的金堂。"

"金堂会做耧，也是你教的？"

"不是。金堂会做耧是他师父传灯爷教的。"

"传灯爷做耧是谁教的？"

"是传灯爷师傅的师傅教的。"

牛牛有点掰不清了："……师傅的师傅是谁教的呀？"

看着孙子还是有些困惑的眼睛，老福田笑了："人人不大，倒会刨根儿呀！行，咱就打破砂锅问到底，爷爷今天就给我牛牛说说耧车到底是咋来的，说说师傅的师傅，大人的大人到底都是从哪儿来的。"

一边说着，老福田点起一根烟：

"从前呀，咱们乱流河这道川里有个说书的秦瞎子，秦瞎子说书说了一辈子，谁也说不清楚秦瞎子到底有多大岁数了。这秦瞎子上知天文，下知地理，从古到今没有他不知道的。秦瞎子说，老以前老以前，天和地就像个鸡蛋，蛋黄和蛋清是包在一块儿的，没有黑夜，也没有白天，就好比一包浑水。这包浑水里包了个盘古爷，一包就是一万八千年。说有一天盘古爷醒过来，起身一站，雷鸣电闪，一扯几万里，狂风大雨一下几千年，就把一包浑水分开啦，清的飘上去变成天，浑的沉下来变成地。天日高一丈，地日厚一丈，盘古爷呢，一天九变，日长一丈。天越长越高，地越长越厚，盘古爷越长越长，不知长了几万几千年。你站在盘古爷的肩膀上看不见他的脚，你站在盘古爷的脚底下看不见他的脸，盘古爷就是个顶天立地的大英雄。后来，大英雄盘古爷一死，他的身子就变成天上的日月星辰，地上的山川万物，从此就有了黑夜白天，就有了世界，可是没有人。就这样，不知又过了几万几千年，天塌地陷，大火烧山，洪水滔天，眼看没法儿了，眼看世界要毁了，就出了伏羲爷和女娲娘娘兄妹俩。女娲娘娘跟一只大海龟借来四条腿，东西南北一支，就把天给支起来，把地给摆平了。女娲娘娘又炼五色石补好天上的大窟窿。伏羲爷和女娲娘娘嫌这没有人的世界太荒凉，就生出来这世界上的第一个男人和第一个女人。女娲娘娘看看人还是太少，就照着那一男一女的模样，用河边的泥捏出没数的人来，从那以后，这个世界上就有了人，就有了大人和娃娃。伏羲爷教给人们打猎捞鱼，养牛养羊。那时候的人们，渴了喝河水，饿了吃野果，冷了盖树叶，没有一天好日子过，饿死、病死了不知道多少人。照这样，熬到哪一天才算是头呀？又过了几万几千年，总算熬出一个神农爷来，神农爷尝百草，教给人们用草药看病。神农爷辨五谷，教给人们用树枝子、石头片子挖土掘地种庄稼。你说木头、石头又笨又沉哪好使呀？可那时候开天辟地刚刚开头，啥都没有，你没有别的使唤的，你就没法儿，你就得使唤木头、石头。牛牛，你说是不是？自从神农爷教会了人们种庄稼，天下的人们才开始过上安稳日子。”

说到这，老福田笑了：“爷爷真是啰唆，说了几千几万年，也没说出耧到底是谁做的。”

牛牛瞪大了眼睛：“爷，后来呢？爷。”

“后来，又过了几万几千年，出了个鲁班爷。鲁班爷是天下手艺人的老祖宗，鲁班爷心灵手巧，啥都会做，咱们使唤的斧、锛、锯、凿、锄、镢、犁、磨，咱们住的房，走的桥，拉的车，都是鲁班爷想出来、造出来的。那个时候，大人生孩子，孩子再生孩子，子子孙孙生出千千万万。地上的人一多，粮食就不够吃了。存不下粮食，一遇上灾荒年，饿死的人成千上万。你还是用老办法种庄稼，还是用手撒种，哪供得起那么多人吃呀？眼看饿死的人千千万万，鲁班爷发下愁了，鲁班爷想给人们弄出个种庄稼的好法子来。说这一天，鲁班爷坐在地头上正发愁，想着想着睡着了。恍恍惚惚听见有人叫他，扭头一看，原来是地母娘娘。地母娘娘躺在身边对他招手。鲁班爷还不知道到底要干啥，就叫地母娘娘拉到怀里了。鲁班爷这才明白原来是要他行男女之事。”

说到这儿，老福田又笑：“牛牛，爷爷现在还不能跟你说啥叫男女之事，等你长大了娶了媳妇就知道了。”

牛牛就催：“爷，你倒是快说呀！耧呢？”

“地母娘娘让鲁班爷和她一连行了三回男女之事，转眼就没了踪影。鲁班爷醒过来一看，青天白日，身边啥也没有，原来是一场梦。鲁班爷细细一想，一下子明白过来，撒种的工具到底应该咋做了。第二天，鲁班爷就照着梦里的架式，造出来这个好使的三脚耧车，又轻巧又方便，一架耧车能顶三架犁，快多啦！从此往后，天下百姓春天摇耧，夏天锄草，秋天收割，冬天囤粮，年年如此。就这样，大人教孩子，师傅教徒弟，孩子再教孩子，徒弟再教徒弟，子子孙孙一直到现在，也不知道重复了几万几千年。”

牛牛像个小牛犊一样眨巴眨巴眼睛：“爷，完啦？”

“完了。”

牛牛朝着梯田扭过头去，明媚的阳光下边，椴木做的三脚耧车投射出短短的身影，稳稳地插在黄土里，轻巧，精致，简直就像一个精灵，简直就像是一架什么好看的玩具。牛牛又眨巴眨巴眼睛：

“爷，这个古话儿怪好听！”

“好，那就好。”

“爷，那个大海龟怪可怜！”

“是，怪可怜。”

老福田掐灭了烟头，撑着地塄上的石头站起身来招呼孙子：“牛牛，来，歇好了，还得把咱的地种完。这块地可再没有千年万年了，世世代代种它，收它，种了千年万年，收了千年万年，现在就剩下今年这一回啦，今年种了谷子，明年就没人种了，就变成荒地了。变成荒地什么庄稼都不长，就变回几万几千年前那个模样了，就和伏羲爷、女娲娘娘在世的时候一个样了，荒林遍野，猛兽横行呀……咳，谁知道呢，也许变得回去，也许作孽太多永辈子也变不回去啦！”

“爷，你说的是啥呀爷？”

老福田摆摆手：“娃，给爷爷牵牛，咱们再给它种最后一回庄稼……”

蓝天黄土之间，那支小小的队伍又走动了。从容悠远的牛铃声，又叮咚叮咚地响起来。老福田对着山野抬起有些昏花的老眼，温暖的目光依依不舍地抚摸着群山。布谷鸟又在叫，东一声，西一声。老福田听出来了，不是一只，是两只……

看着孙子稚嫩的后背，老福田觉得有眼泪涌了出来。

二○○五年十二月二十九日傍晚写

二○○六年一月十四日改定于草莽屋

“农具系列”发表报刊目录

农具系列之一:《袴镰》《残摩》　《收获》二〇〇四年第五期

农具系列之二:《青石磙》《连耞》

《上海文学》二〇〇五年第一期

农具系列之三:《樵斧》《锄》

《上海文学》二〇〇四年第十二期

农具系列之四:《耕牛》《牧笛》

《小说月报》(原创版)二〇〇五年第二期

农具系列之五:《桔槔》　《山花》二〇〇五年第四期

农具系列之六:《扁担》　《天涯》二〇〇五年第二期

农具系列之七:《铁锹》《镢》

《人民文学》二〇〇五年第十期

农具系列之八:《犁铧》《耧车》　《十月》二〇〇六年第二期

* 本书再版时有所删节。